À L'OMBRE DES REMPARTS

MICHÈLE FOULAIN

À L'OMBRE DES REMPARTS

Pascal Galodé
éditeurs

Pascal Galodé éditeurs
18 rue de Toulouse
35400 Saint-Malo
http://www.pascalgalodeediteurs.com/

À toi Roxanne, car il t'appartient
désormais de reprendre le flambeau.
Ton regard déterminé me fait espérer
que nous t'avons transmis la volonté
farouche des Malouines…

Pour le meilleur et pour le pire

UN RAYON DE SOLEIL, plus hardi que les autres, perce la masse des nuages, si fréquents dans ce coin de Bretagne, à nul autre comparable.

Le parvis de l'église paraît comme éclairé par cette lumière. En ce jour de marché, les badauds se pressent, nombreux, pour apercevoir l'étrange couple qui vient de s'unir pour la vie.

Insolite, il l'est déjà par leur différence physique : lui, Jean-Marie, grand gaillard, brun, solidement planté sur ses jambes. Une carrure imposante, il offre une image de sécurité qui contraste avec l'apparente fragilité de sa compagne Léopoldine, si petite, si menue, presque gracile. Son visage d'ange, pas encore sorti de l'enfance, est encadré de magnifiques cheveux blonds, dorés, qui tombent en cascade sur ses épaules. La longue robe blanche la fait plus ressembler à une communiante qu'à une mariée. À un détail près, toutefois, ses yeux vert émeraude, de la couleur exacte de la mer, toute proche, qui baigne cette cité malouine dont elle est issue. Dans ce regard-là, on peut voir briller une flamme qui laisse deviner la femme qui est en train d'éclore. Léopoldine est belle et elle le lit dans les yeux de celui qui vient de faire d'elle sa femme, pour le meilleur et pour le pire.

Le meilleur, ils l'ont ! Comment craindraient-ils le pire, puisque leur avenir paraît béni des dieux. Cette union, ils l'ont voulue, souhaitée, à l'instant même où ils se sont vus pour la première fois. Tout les séparait, mais au premier regard échangé, ils ont su qu'un amour absolu et total allait les unir, pour le reste de leur vie, et abattre les barrières qui s'imposaient entre eux.

Balayée, la dissemblance sociale. Léopoldine était la troisième fille d'un marin-pêcheur des terre-neuvas. Jean-Marie comptait, lui, un aïeul qui, pour s'être illustré au combat, avait été anobli par Napoléon. Et cette noblesse, même si elle n'était pas de sang, était essentielle pour ceux qui en avaient hérité.

Jean-Marie a épousé Léopoldine contre l'avis des siens et rompu ses liens familiaux, persuadé qu'il était que son métier de chirurgien-dentiste lui permettrait de faire vivre la famille qu'il allait créer. Et aujourd'hui, à l'instant de la bénédiction nuptiale, lorsqu'il a senti la petite main de Léopoldine se glisser dans la sienne, confiante, il a mesuré l'intensité de son bonheur, qui n'aurait pas été plus total avec titres et fortunes.

L'heure de s'éclipser étant enfin venue, leurs amis continueraient la fête sans eux.

Jean-Marie prit doucement sa femme par la main et l'entraîna pour la conduire dans la petite maison qu'il avait aménagée pour eux, située à l'intérieur des remparts.

Avec de hautes fenêtres encadrées de bandeaux d'ébène, souvenir de l'importance de la cité au temps de la Compagnie des Indes, le bois précieux associé aux pierres de granit apportaient, tout à la fois, charme et confort douillet. Leur chambre donnait sur la mer, où l'on distinguait nettement le Grand Bé et la croix qui orne le tombeau d'un illustre Malouin, l'écrivain préféré de Jean-Marie : Chateaubriand.

Selon la tradition, il porta sa jeune épouse pour franchir le seuil. À présent, il l'attend, sans impatience, sur le balcon, face à ce site exceptionnel, le rouge incandescent de sa cigarette brille et éclaire la nuit presque tiède en cette fin de printemps. Un bruit, aussi léger qu'un bruissement d'ailes, le fait se retourner. Léopoldine le regarde, belle à damner un saint, éthérée dans sa longue chemise de nuit, blanche encore, couvrant pour la dernière fois son corps de vierge.

Tout doucement, Jean-Marie s'approche d'elle et, avec une infinie délicatesse, la prend dans ses bras, tout en lui murmurant tout bas :

— Dieu, que tu es belle !

Dans quelques instants, elle sera sienne ; il a rêvé de cet instant depuis de longs mois, mais il ne veut rien brusquer, il prend son temps, cette nuit est la leur, elle est magique et doit devenir leur plus beau souvenir. Il la soulève et, lentement, la dépose sur le grand lit qui les attend, aux draps de lin, sur lesquels trois lettres entrelacées, brodées par Léopoldine, immortalisent leur bonheur. Ensemble, ils plongent dans un océan d'amour vrai et sincère.

À trente ans, Jean-Marie avait connu quelques aventures féminines, des histoires sans lendemain qui, au petit matin, lui laissaient un goût âcre dans la bouche. Cette fois, c'est différent, cette femme-là, il l'aime et c'est la sienne. L'aimer, il s'emploie à le faire, longuement, savamment. L'inexpérience de Léopoldine laisse vite place à un plaisir sauvage, elle aime les caresses que lui prodigue son homme et l'invite à poursuivre encore et encore, jusqu'au moment où une sorte de convulsion la fait retomber, presque inanimée, contre son compagnon.

Jean-Marie, inquiet, se penche et l'embrasse, croyant à un malaise, mais les magnifiques yeux d'émeraude s'ouvrent, un sourire se dessine et elle lui confie ce qui vient de lui arriver, avec beaucoup de candeur :

— J'ignore ce qui s'est passé, je me suis sentie soulevée et j'ai eu le sentiment de me retrouver collée au plafond.

Jean-Marie éclate de rire et la serre plus fort contre lui.

— Mais, ma douce chérie, tu viens tout simplement de découvrir le plaisir.

— Dis, Jean-Marie, tu voudras bien me coller encore au plafond ?

Jean-Marie sourit devant la spontanéité de sa bienaimée et lui promet de le faire aussi souvent qu'elle le voudra.

Le jour les surprendra, encore éveillés, avec une soif inextinguible l'un de l'autre.

Victor, Amélie et les autres

LEUR VIE COMMUNE commença ; le travail accaparant de Jean-Marie le tenait éloigné toute la journée, sa clientèle était nombreuse et son cabinet ne désemplissait pas. Léopoldine occupait ses journées à tenir la maison, ce qu'elle faisait très bien, considérant qu'elle était l'écrin de leur amour ; elle ne devait pas montrer la moindre poussière. Chaque soir les réunissait autour du repas amoureusement préparé et, des heures durant, ils parlaient, d'eux, de leur journée, de leur avenir, de leurs futurs enfants. Leurs nuits, aussi fougueuses et intenses que la première, ne tardèrent pas à porter leurs fruits : ils n'étaient pas mariés depuis trois mois que Léopoldine découvrait qu'elle était enceinte, pour son plus grand bonheur. Jean-Marie en conçut quelque crainte ; il aurait préféré attendre un peu, sa femme était si jeune, cette grossesse n'était-elle pas un risque pour sa santé ? Mais elle balaya ses appréhensions :

— Ne t'inquiète pas, je suis plus robuste que j'en ai l'air, et je suis si heureuse de ce bébé qui s'annonce, un petit bout de toi, un petit bout de moi, le fruit de notre amour, dis-moi plutôt que tu es content.

— Bien sûr, tu sais bien que je n'ai pas d'autre but que de te rendre heureuse.

Et par un beau jour de mai, Victor vint au monde. Léopoldine avait dit vrai, elle était robuste et la naissance se passa sans problème ; le bébé avait les cheveux bruns de son père et les yeux d'émeraude de sa mère. Penchés tous les deux au-dessus du berceau, ils admiraient leur chef-d'œuvre. Jean-Marie pensa que cet enfant allait le rapprocher de sa famille et envoya un faire-part à sa mère. La réponse ne se fit pas attendre :

« *Mon cher fils,*

Je suis heureuse de la nouvelle que tu m'apprends et j'attends avec impatience que tu m'amènes mon petit-fils, mais que sa roturière de mère reste chez elle.

Ta mère qui t'embrasse »

Jean-Marie réalisa que toute tentative de rapprochement était vaine et renonça. Après tout, son bonheur, c'était Léopoldine et Victor, et il n'avait besoin de rien d'autre. Et la vie continua, paisible et douce, aucun nuage dans la belle harmonie qu'ils avaient su construire ; ils partageaient les même goûts, les mêmes distractions : les fêtes nautiques, les grandes régates de Saint-Malo, les concours hippiques, les longues promenades sur la plage. Les pieds dans l'eau, la jupe relevée, Léopoldine armée d'une épuisette traquait la crevette, en riant comme l'enfant qu'elle était encore. Jean-Marie, Victor dans ses bras, l'observait et mêlait son rire au sien. D'autres enfants arrivèrent, un par année : Amélie, Marie, Ferdinand, Paul. Au troisième, ils déménagèrent pour une maison plus vaste, toujours nichée au cœur des remparts, toujours avec une chambre qui donnait sur la mer, où chaque soir, les enfants couchés, Jean-Marie fumait une cigarette et attendait sans impatience sa femme. Elle n'avait rien perdu de sa beauté, malgré les grossesses multiples et rapprochées ; au contraire, l'amour et le bonheur l'avaient épanouie, et le regard que portait sur elle l'homme qu'elle aimait lui redisait, à l'infini, qu'elle était belle. Et c'est avec la même candeur qu'elle lui murmurait à l'oreille :

— Dis, Jean-Marie, tu veux bien me coller au plafond ?

Cette petite phrase, prononcée innocemment le premier soir, était devenue le code même de leur complicité.

La grande menace

NON, RIEN NE VENAIT TERNIR ce bonheur, les enfants s'élevaient sans problème et s'épanouissaient dans ce climat d'amour.

Chaque matin, la famille se réunissait autour du petit déjeuner : cacao pour les petits, pots de thé odorant pour les parents, et des tartines de beurre salé que Jean-Marie dégustait en parcourant les journaux du matin : « *L'Ouest-Éclair* » et « *Le Télégramme de Brest* ». Bien que non militant, il s'intéressait de très près à la politique, et ce matin-là, les nouvelles qu'il lisait creusaient un pli soucieux sur son front. Sa femme s'en étonna :

— Que se passe-t-il ? Tu as l'air inquiet !

— Tu as raison, je n'aime pas la tournure que prend la situation dans les Balkans, le conflit entre l'Autriche et la Serbie s'aggrave, tout cela ne me dit rien de bon !

— Tu ne crois quand même pas que nous ayons à redouter la guerre ?

— J'espère que non, mais le Kaiser a longuement parlé de l'attitude du gouvernement, qu'il considère agressif du fait même que le service militaire soit passé à trois ans.

En ce mois de juin 1914, Léopoldine, saisie d'effroi et mue par je ne sais quel pressentiment, se mit à trembler, pour la première fois, pour son bonheur.

Elle prit le petit Paul, âgé seulement de quelques mois, dans ses bras. Jean-Marie tentait, mais en vain, de la rassurer.

— Écoute, ne te rends pas malade, cette guerre n'aura sans doute pas lieu, et dans le pire des cas, je ne partirai pas, j'ai de nombreux enfants et que veux-tu qu'ils fassent d'un dentiste ?

— J'ai peur, chéri, j'aimerais te croire mais je n'y parviens pas ; cette guerre aura bien lieu, tu partiras, et si tu es tué, je mourrai aussi !

— Arrête de dire des sottises, et nos enfants, alors ?

Les jours suivants, les journaux, plus modérés, semblaient faire reculer la terrible menace ; le mois de juillet vit arriver les premiers estivants, les villas rouvrirent leurs volets, la cité prit ses couleurs de vacances comme les autres années et Léopoldine se forçait à taire ses angoisses. Elle observait chaque matin son mari, mais la lecture de la presse n'avait pas fait revenir le pli soucieux de son front, alors elle se prenait à croire que ses craintes n'étaient pas fondées.

L'après-midi, elle emmenait les enfants à la plage de Bon-Secours, et avec eux elle construisait de grands châteaux de sable, emportés quelques heures plus tard par la mer.

Le 14 juillet, elle refusa de se rendre au défilé du 47e régiment ; pourtant, elle aimait la fanfare, les uniformes chamarrés mais, cette année, ces mêmes uniformes lui faisaient peur.

À quelques jours de là, de grosses manchettes dans les journaux titraient :

« **Assassinat de l'archiduc d'Autriche à SARAJEVO** »

La peur revint, et cette fois elle fut générale ; les villas refermèrent leurs volets, les hôtels se vidèrent, les vacanciers repartirent précipitamment et Léopoldine laissa l'angoisse la submerger.

Le premier août au soir, alors qu'ils étaient couchés, des cris venus de la rue les alertèrent. Jean-Marie ouvrit la fenêtre :

— La guerre est déclarée, la guerre est déclarée !

Léopoldine poussa un cri, son mari la rejoignit et la prit dans ses bras :

— N'aie pas peur, ma chérie, je suis là, il ne nous arrivera rien, notre amour nous protège.

Blottie contre lui, elle se donna à lui avec plus de fougue que jamais, priant que, pour cette fois, elle reste collée au plafond afin de ne pas voir ce qui allait se passer.

Les paroles d'apaisement de son mari glissaient sur elle, sans effet ; son intuition de femme lui disait qu'elle vivait là ses derniers jours de bonheur.

Les premiers mobilisés partirent, les convois de trains emportaient les hommes, les mères et les épouses pleuraient, agitant leurs mouchoirs dans un dernier adieu à ceux qu'elles aimaient et qu'elles ne reverraient peut-être plus.

Parmi les premiers à partir, il y avait de nombreux amis de Jean-Marie et Léopoldine, et chaque départ meurtrissait un peu plus la jeune femme ; une petite voix intérieure lui disait : « Il sera peut-être le prochain. »

Il n'y avait plus que la nuit où, enfermée entre les bras de son mari, elle était sûre d'exister encore. Chaque jour, son angoisse renaissait. À présent, pour faire ses courses, elle faisait un détour, afin d'éviter la mairie devant laquelle avait été installé un panneau où, jour après jour, on ajoutait à la liste, déjà longue, les noms des blessés, des morts et des disparus. Elle ne voulait pas savoir. Elle se sentait lâche, n'osant pas apporter sa compassion aux familles endeuillées, par crainte que, tel un miroir, elles ne lui renvoient l'image de ce qu'elle serait bientôt. Elle espérait de toutes ses forces qu'en ignorant cette guerre, la guerre l'ignorerait et l'épargnerait.

Elle finit par s'en persuader et essaya de vivre le plus normalement possible.

Le pire survient, même quand on ne l'attend pas

LES EFFORTS qu'accomplissait Léopoldine pour ignorer la guerre n'empêchaient pas le conflit d'exister et de se durcir, chaque jour un peu plus.

Les premiers blessés ne tardèrent pas à arriver à Saint-Malo. Le casino, transformé en hôpital de fortune, accueillait ces hommes revenus de l'enfer, les plus valides d'entre eux déambulaient dans la cité. Léopoldine ne pouvait pas ne pas les voir, certains de ses visages atypiques, aux teints colorés et aux costumes bigarrés, attestaient que l'engagement dans l'affrontement avait dépassé le cadre des frontières de la métropole. De manière insidieuse, la jeune femme sentit la peur revenir. Elle l'envahit totalement lorsque la nouvelle leur parvint : les volontaires ne suffisaient plus et on commençait d'enrôler les hommes en âge de combattre. Jean-Marie ne chercha plus à la rassurer, comprenant lui aussi qu'il serait bientôt appelé. Il essaya de l'aimer plus fort encore, sachant combien il allait en être privé. Elle échafauda des plans pour le cacher ; lui, souriait tristement :

— Non, ma douce, je ne suis pas un lâche ; je ne me serais jamais porté volontaire, mais si je suis appelé, je partirai, je ne me déroberai pas à mon devoir, si notre pays a besoin de moi !

— Et moi ? Que deviendrai-je ? J'ai, moi aussi, tellement besoin de toi !

— Je sais, chérie, mais je sais aussi que j'ai épousé une petite femme courageuse, qui saura faire face, pour nos enfants, et pour moi.

Léopoldine ne répondait pas, la raison lui dictait qu'elle saurait rester debout envers et contre tout, mais ses sentiments pour Jean-Marie ne se conjuguaient pas avec sa raison.

À quelque temps de là, par un triste et froid jour de février 1916, l'ordre de mission arriva. Lorsque Léopoldine, affairée à ses tâches ménagères, entendit résonner le coup porté sur la lourde porte de chêne de l'entrée, elle comprit que ce visiteur apportait la désolation dans sa maison. Elle porta sa main à son cœur, comme pour l'empêcher de cogner si fort. Et, à pas lents, se dirigea vers la porte. Un homme en uniforme lui tendit un papier bleu qu'elle prit en tremblant, ignorant même son salut. Appuyée contre le battant refermé, elle lut, mais dut s'y reprendre à plusieurs fois, les lettres dansaient devant ses yeux et les larmes brouillaient sa vue.

En quelques mots administratifs et impersonnels, comme il se doit, ce papier bleu, elle le savait, sonnait le glas de son bonheur. La convocation, adressée à Jean-Marie, disait : « Vous êtes prié de vous présenter le lundi 16 février, à huit heures, bureau 115 de la mairie de Saint-Malo, muni de votre état civil, afin de procéder à votre incorporation et votre affectation à Verdun. »

Six jours, il ne lui restait que six jours à passer avec l'homme qu'elle aimait. Lourdement, elle tomba plus qu'elle ne s'assit sur une chaise et, sur ses bras repliés, elle se mit à pleurer à gros sanglots.

Des larmes de souffrance, mais aussi de colère. Colère contre cette guerre, inutile et vaine comme toutes les guerres, et qui, elle en était sûre, allait lui ravir son homme.

Elle pleura longtemps puis, aussi soudainement qu'elles avaient jailli, les larmes se tarirent. Léopoldine comprit qu'elle avait, elle aussi, un devoir à remplir : montrer à Jean-Marie qu'elle serait la femme courageuse qu'il attendait d'elle. Elle se rafraîchit le visage, se repoudra, rougit ses lèvres et rejoignit ses enfants.

— Mes chéris, votre père va nous quitter, cette maudite guerre a besoin de lui ; mon chagrin est immense et le vôtre sûrement tout autant, mais nous ne devons pas le lui montrer, nous devons nous montrer forts, pour lui, je peux compter sur vous ?

Amélie réagit la première ; vivant portrait de sa mère, les mêmes cheveux d'or et les fameux yeux d'émeraude, deuxième enfant de la famille, première fille, cette ressemblance étonnante en avait fait la préférée du père.

— Oh ! Maman, il va tellement me manquer, ils ne vont pas nous le tuer, n'est-ce pas ?

Du haut de ses six ans, ce petit bout de femme résumait leur crainte à tous.

— Non, chérie, nous allons beaucoup prier pour que cela n'arrive pas, mais il va beaucoup nous manquer, tu as raison !

Du marché, elle ramena des fleurs, qu'elle disposa sur la table, joliment dressée. De la cuisine arrivaient les effluves du civet de lapin, le plat préféré de Jean-Marie. Elle avait passé sa robe préférée, la verte, du même vert que son regard.

Les enfants jouaient sagement dans leur chambre.

Elle attendit et reconnut très vite le pas pressé. Comme chaque soir, il la prit par la taille et déposa un baiser léger sur sa nuque. Elle ferma les yeux, et crut en une soirée ordinaire.

Quand il la relâcha, silencieusement, avec une main qui ne tremblait plus, elle lui tendit l'horrible papier bleu. Il le lut et la reprit dans ses bras, la serrant à l'étouffer. Ils restèrent ainsi, enlacés un grand moment, puis se mirent à table.

Ils mangèrent en silence ; même les enfants, que l'on devait habituellement faire taire, ne disaient rien. La jeune femme observait son mari, elle s'imprégnait de chacun de ses gestes et les mémorisait, pour après, pour se souvenir, lorsqu'il ne serait plus là...

Mon dieu, veillez sur eux, s'il vous plaît

QUELQUES HEURES PLUS TARD, selon le rite établi, Jean-Marie, tandis qu'il attendait sa femme en fumant sa cigarette, fenêtre ouverte, le regard perdu à l'horizon, ce panorama qu'il aimait tant le laissait ce soir presque indifférent. Son front soucieux, barré d'un pli, trahissait son inquiétude. Il s'inquiétait, non pas pour lui, mais pour sa femme et ses enfants ; si son absence se prolongeait, que deviendraient-ils ? Absorbé dans ses pensées, pour la première fois il n'entendit pas le pas léger s'approcher, et sursauta lorsqu'elle mit une main sur son bras.

— Jean-Marie, tu veux bien, dis, me coller au plafond ?

— Oh ! Oui, ma douce, ma très chère, aimons-nous tant que nous le pouvons !

Il la souleva et l'emporta vers la couche aux draps immaculés ; demain reviendra la peur, mais demain est encore loin et la nuit est à eux.

Comme souvent dans l'attente d'une échéance importante, les jours défilèrent trop vite. Le dimanche fut bientôt là et annonça les dernières vingt-quatre heures.

Jean-Marie avait réglé toutes ses affaires, fermé son cabinet, sur lequel on pouvait lire un écriteau : « Fermeture illimitée, pour cause de guerre. » Il avait dit au revoir à ses patients, très émus de voir partir leur bon dentiste. En ce dernier jour, à la table du petit déjeuner, il remit à sa femme une grande enveloppe brune, au papier épais, dans laquelle il avait glissé tous les documents dont elle pourrait avoir besoin, et lui expliqua ce qu'elle devait en faire :

— Chérie, tu le sais, nous avons quelques économies qui vous permettront de tenir, les enfants et toi, pendant plusieurs mois. J'espère être de retour avant qu'elles ne soient épuisées ; les assurances sont payées, ainsi que les traites de la maison jusqu'à la fin de l'année, je pense n'avoir rien oublié.

Léopoldine prit l'enveloppe et le regarda :

— Comme toujours, tu as pensé à tout ; sois sans inquiétude, tout ira bien pour nous, mais toi ! Pense à me revenir ; sans toi, je vais vivre en sursis, dans l'unique attente de ton retour.

— Je reviendrai, je te le promets !

Ils passèrent l'après-midi à jouer avec leurs enfants. Jean-Marie faisait des réserves de tendresse, la jeune femme eut plusieurs fois les larmes aux yeux, en regardant le touchant tableau qu'offrait sa famille. Deux enfants sur ses genoux, les trois autres à ses pieds, il leur contait une histoire, celle de Jonas et de la baleine ; les petits écoutaient, fascinés, les yeux écarquillés. Elle ne pouvait s'empêcher de se demander quand elle reverrait cette image de bonheur. Ils dînèrent tôt, en parlant de tout et de rien, mais surtout pas du lendemain.

Cette nuit-là, ils s'aimèrent jusqu'au petit matin. Léopoldine fit plusieurs « voyages au plafond », jamais assouvie.

Jean-Marie puisait en sa femme l'énergie d'aller se battre. Dieu ! Qu'elle allait lui manquer, il l'aimait tellement. Cette petite fille qu'il avait épousée, huit ans plus tôt, s'était transformée en une jeune femme accomplie ; elle était encore plus belle et se révélait, dans l'épreuve, pleine de courage. Tout en l'aimant passionnément, ce grand gaillard de trente-huit ans, d'un mètre quatre-vingt-douze, pleura cette nuit-là comme un môme.

Le matin les surprit, toujours étreints, incapables de se détacher l'un de l'autre. Pourtant, le jour filtrant à travers les persiennes les avertit qu'il leur faudrait affronter ce lundi tant redouté. Alors ils se levèrent. Léopoldine courut à la cuisine préparer le thé, les tartines, lever ses enfants. Pour ne pas craquer, il fallait faire de ce jour un jour ordinaire.

Un peu avant huit heures, Jean-Marie se rendit à la mairie, d'où il revint une heure plus tard. Léopoldine, interrogative, attendait de savoir à quelle heure le couperet tomberait.

— À onze heures, les camions partiront de la porte de Dinan.

— Nous allons t'accompagner.

— Non, chérie, non, c'est assez dur comme ça !

— Je regrette, mon amour, mais nous viendrons !

Elle avait dit cela sur un ton déterminé, qui n'admettait pas de réplique ; son mari céda, tout en se faisant la remarque qu'avec la maturité, sa femme était en train d'acquérir cette personnalité des femmes de Saint-Malo, volontaire et farouche, et ce ne fut pas pour lui déplaire.

Peu avant onze heures, ils arrivèrent à la porte de Dinan où les hommes en partance, accompagnés de leur famille, attendaient. Jean-Marie s'approcha de ses futurs compagnons d'armes. Il les connaissait presque tous, malouins comme lui, issus de tous les milieux, marins-pêcheurs, ouvriers de construction navale, employés… Tous ces hommes partaient défendre la patrie. Combien reviendraient ?

Les mères et les épouses retenaient leurs larmes, voulant ainsi montrer leur vaillance, si chère au cœur des femmes de cette cité.

Les lourds camions bâchés se garèrent ; Léopoldine sentit son sang se glacer dans ses veines et il ne se réchauffa pas, même lorsque son mari la prit dans ses bras pour une dernière étreinte.

— À bientôt, mon adorée, je reviendrai !

— Cela vaudrait mieux pour toi, sinon j'irai te chercher, jusqu'en enfer s'il le faut !

Puis Jean-Marie se pencha pour embrasser ses enfants et, s'adressant à Victor et Amélie :

— Mes chéris, je compte sur vous, prenez soin de votre mère, ne la laissez jamais !

— C'est promis, Papa.

Un dernier baiser, et il prend la main tendue qui l'aide à grimper dans le camion qui ne tarde pas à s'ébranler.

Il regarde fixement, s'imprégnant du tableau que forme sa femme et ses enfants. Il se fait la réflexion qu'elle donne vraiment l'impression d'être leur grande sœur, plutôt que leur mère. Une prière lui monte aux lèvres :

— Mon Dieu, veillez sur eux, s'il vous plaît !

Si Jean-Marie avait été près de Léopoldine à cet instant, il aurait pu entendre quelque chose de similaire :

— Mon Dieu, prenez soin de lui, je vous en prie !

La jeune femme agitait sa main, imitée par ses enfants ; elle regardait, sans pouvoir détacher ses yeux, le sombre véhicule qui s'éloignait. Elle avait le sentiment qu'on lui arrachait le cœur. Lorsqu'il n'y eut plus qu'un minuscule point sombre à l'horizon, elle sentit une petite main la tirer par la jupe, celle d'Amélie :

— Maman, on ne voit plus rien, tu viens ?

Léopoldine sortit de son apathie, et entraîna ses enfants :

— Tu as raison, chérie, rentrons !

Elle regarda le ciel bas, la mer calme et paisible, comme indifférente à son malheur. Quelques mouettes se disputaient des miettes, apportées là par le vent, en piaillant très fort.

En silence, ils reprirent le chemin de leur maison.

La journée s'étira, morne et sans joie. Comme à son habitude, Léopoldine vaquait à ses tâches ménagères, mais sans entrain. À quoi bon rendre la demeure belle et propre, puisqu'elle ne serait pas avant très longtemps le nid douillet de son amour ?

Les enfants, moins bruyants qu'à l'ordinaire, jouaient presque trop calmement.

La jeune femme repoussa le plus possible le moment de se mettre au lit, tant elle redoutait cette première nuit sans lui. Elle resta longtemps allongée sur le dos, les yeux rivés au plafond où, ce soir, elle ne ferait pas de « voyage ». Lorsqu'enfin, elle sentit venir le sommeil, elle se retourna et plongea la tête dans l'oreiller vacant à côté d'elle, reconnut l'odeur qu'elle aimait tant et s'endormit. Les jours suivants, elle reprit le dessus. Elle devait tenir la promesse faite à Jean-Marie : vivre avec courage, en attendant son retour. Elle ressentait cruellement l'absence, mais montrait à ses enfants un visage gai et rieur, comme ils aimaient à la voir.

Les voies du Seigneur sont impénétrables

DEUX SEMAINES PLUS TARD, enfin !, la première lettre arriva. Lorsqu'elle reconnut, sur l'enveloppe, l'écriture fine et élancée, son cœur bondit de joie.

Elle ne la décacheta pas tout de suite, mais la respira, la mit sur sa poitrine, la caressa longuement et l'ouvrit. Le feuillet déplié laissa échapper un peu de terre, qu'elle reçut dans sa main :

« *Ma douce chérie,*

Je t'envoie un peu de terre, de la tranchée dans laquelle je vis.

Je ne te raconterai pas les atrocités de la guerre, ton mari dentiste fait office de médecin. Je soigne, panse les corps blessés, mais hélas, trop souvent, mon travail consiste à fermer les yeux des mourants, et lorsque je fais ce geste, j'essaie d'imaginer quelle était la vie de cet homme, et je prie pour qu'il ait connu, sur cette terre, le même bonheur

que le mien à tes côtés, pour qu'il parte avec d'aussi merveilleux souvenirs dans ses bagages.
Tu me manques, ma toute belle, à un point que tu ne pourrais deviner.
Lorsque je peux prendre quelques heures de repos, je pense à toi, je cherche à te retrouver en moi, sachant combien tu y es présente.
J'aimerais tant être sur le balcon de notre chambre, fumer ma cigarette en t'attendant, me retourner à ton approche et redécouvrir, à nouveau, ton merveilleux visage.
Je sais que l'épreuve que nous traversons grandira encore notre amour, que nous en sortirons plus forts, j'espère seulement qu'elle sera courte.
Je ne doute pas que tu prendras un grand soin de nos enfants, mais garde-toi aussi, mon aimée, pour le jour de mon retour.
On me demande de haïr mes ennemis, je me surprends à haïr la guerre plus fort encore.
Je suis si fatigué que je ne sais plus ce que j'écris, je sais seulement à qui j'écris, à toi, l'unique amour de ma vie.
Je t'embrasse avec passion et te demande de serrer très fort nos petits dans tes bras pour moi.

Ton mari qui t'aime. »

Elle lut et relut plusieurs fois la missive, jusqu'à ce que ses yeux la brûlent, elle fit rouler la terre sur son visage, la respira, puis s'en alla serrer ses enfants dans ses bras. Ce soir-là, pour la première fois depuis deux semaines, ils l'entendirent chanter en faisant la vaisselle. Tard dans la soirée, sur la coiffeuse drapée de plis, elle écrivit à son tour :

« *Mon tendre amour,*

Quel bonheur de t'avoir lu, enfin ! Ta première lettre, comme je l'attendais !

Si je te manque autant que tu me manques, alors si, je crois que je peux comprendre.

Je t'écris de notre chambre, où chaque soir je m'ennuie de toi, je regarde bêtement le plafond, sachant que je n'irai pas lui rendre visite...

Nos enfants vont très bien, et leur tendresse m'aide à tenir bon. Tu peux être fier d'eux, ce sont de braves petits soldats. Ne t'inquiète de rien, je prends soin d'eux, et de moi, comme je te l'ai promis, mais reviens-nous vite. Sans toi, je ne vis qu'en sursis.

Ne prends aucun risque inutile, préserve ta vie, elle m'est trop précieuse.

Ta femme qui t'aime et qui t'attend impatiemment. »

Léopoldine ne le sait pas, mais Jean-Marie ne recevra jamais cette lettre. Il est, comme on a coutume de dire dans ces cas-là, tombé au champ d'honneur deux jours plus tard.

Lorsque l'homme en uniforme, porteur de l'affreuse nouvelle, s'est présenté chez elle, il n'eut pas à parler, elle comprit immédiatement et fut sans réaction aucune.

Elle le savait depuis toujours, elle savait que cela arriverait ; d'un geste machinal, elle toucha ses yeux, pensant y rencontrer des larmes. Non, ils étaient secs, la douleur était si forte qu'elle ne pouvait même pas s'exprimer. Elle sentait seulement dans son corps tendu enfler un sentiment, qu'elle n'analysa pas tout de suite. Une colère froide la submergea, elle s'entendit maudire Dieu, ce Dieu qui lui avait pris celui qu'elle chérissait tant.

Elle maudissait Dieu, elle maudissait les hommes qui avaient déclenché cette horrible guerre. Plus jamais son homme ne reviendrait, il ne la prendrait plus par la taille, en glissant un baiser sur sa nuque. Elle prit conscience de tout cela, et s'évanouit.

Lorsqu'elle ouvrit les yeux, ce fut pour voir, penché sur elle, le visage anxieux d'Amélie :

— Maman, que se passe-t-il ? Tu nous as fait peur.

— Oh ! Mes pauvres petits, votre père ne reviendra pas.

Elle serra très fort ses enfants contre elle et, enfin, les larmes surgirent.

Ils restèrent ainsi, longtemps, serrés les uns contre les autres, mêlant leurs pleurs.

Les jours suivants, Léopoldine les vécut dans un état de semi-conscience. Sa petite silhouette, enfermée dans ses voiles de veuve, offrait l'image même de la désespérance. Elle assumait, autant que faire se peut, les soins à donner aux enfants, mais à aucun moment sa douleur ne s'apaisait.

Quand bien même cela eût été possible, qu'elle ne l'aurait pas souhaité, car seul ce sentiment lui prouvait qu'elle vivait encore.

Les enfants, à aucun moment ne parlaient de leur père ; seuls leurs visages tristes et leurs yeux embués trahissaient leur chagrin. Malgré leur jeune âge, ils avaient compris que leur vie ne serait plus jamais la même.

À quelque temps de là, une cérémonie fut organisée à la cathédrale de Saint-Malo, en hommage aux disparus.

La jeune femme s'y rendit, accompagnée de ses petits. Pendant l'homélie, elle sentit revenir la colère en elle, plusieurs fois elle crut qu'elle allait bondir de son siège. Le prêtre rendait grâces à ces hommes si valeureux, qui s'étaient conduits en héros, et avaient donné leur vie pour leur pays. Elle s'en fichait bien, elle, qu'il fût mort en héros, elle l'aurait préféré lâche, mais vivant, lâche, mais la prenant dans ses bras.

Elle ne bougeait pas, prostrée sur ce banc, comme si elle allait y passer le reste de sa vie. Quand ce fut fini, les gens s'approchèrent d'elle pour lui adresser des paroles de réconfort. Elle regardait sans les voir ces visages connus et inconnus, elle écoutait sans les entendre ces mots qui se voulaient apaisants.

Aussi bien intentionnés fussent-ils, comment tous ces étrangers pouvaient-ils comprendre la douleur qui l'écrasait ?

À son tour, ses enfants serrés contre elle, elle sortit de l'église, un rayon de soleil éclairait le parvis. Elle se revit huit ans plus tôt, jeune épousée, au bras de Jean-Marie, souriant à la vie radieuse qui les attendait. Elle se souvint combien elle se voyait belle, dans le regard penché sur elle.

Elle vacilla et dut se retenir aux pierres de granit qui encadraient l'édifice.

Même si son désir le plus cher était de rejoindre son mari, elle comprit très vite qu'elle devait vivre ; qu'avec cinq bouches à nourrir, il lui faudrait vite dépasser son chagrin. À vingt-trois ans, elle était seule avec cinq enfants qu'il faudrait élever.

Elle n'avait plus de famille : sa mère était morte très jeune, son père l'avait rejointe peu avant la guerre, et ses deux sœurs, établies au loin, ne pouvaient lui être d'aucun secours. Personne sur qui compter, l'avenir s'annonçait sombre. Les économies laissées par Jean-Marie ne tarderaient pas à s'épuiser, et après ?

Elle n'avait jamais travaillé ; protégée par son mari, elle était à l'abri. Qu'allaient-ils tous devenir ?

Les premières dettes ne tardèrent pas à arriver ; les créanciers se montraient conciliants, en ces temps troublés, mais les délais accordés ne faisaient que reculer les problèmes.

Les enfants ne se plaignaient pas, ni des vêtements usés, que l'on ne pouvait renouveler, ni des repas qui, la plupart du temps, consistaient en quelques pommes de terre accompagnées de graisse de saindoux.

Les dettes devinrent vite si criardes que Léopoldine comprit qu'elle ne pourrait pas garder sa maison.

En désespoir de cause, elle se rendit à la mairie pour trouver du secours.

On lui proposa de les reloger, elle et ses enfants, dans une cité d'urgence pour personnes défavorisées, à l'autre extrémité de la ville, loin de ses chers remparts. Acculée comme elle l'était, elle ne put faire autrement que d'accepter.

En rentrant chez elle, elle fit un détour par la plage de Bon-Secours ; pieds nus, elle foulait le sable, le visage ruisselant de larmes et d'embruns.

Le vent fouettait ses cheveux. Elle regardait ce paysage, qu'aurait immortalisé un peintre, elle cherchait des traces de son bonheur perdu. Les châteaux de sable, patiemment édifiés, avaient depuis longtemps été emportés par la mer.

Perdue dans ses pensées sombres, elle se dit que finalement le bonheur se définissait par l'absence de malheur.

À pas comptés, elle prit le chemin du retour.

Comme dans un cauchemar, elle commença d'emballer leurs affaires, peu nombreuses car les meubles s'étaient vendus avec la maison.

Un voisin compatissant lui avait prêté une charrette à bras pour le transport dans leur nouveau logis. Elle fit une dernière fois le tour de ce qui avait été la maison du bonheur. Elle revit, en pensée, les merveilleux moments qu'elle y avait passés. Dans la chambre, là où la présence de Jean-Marie était encore si réelle, elle s'adressa à lui :

— Pardon, mon amour, je n'ai pas été à la hauteur, je n'ai pas su, je pars vers mon nouveau destin, sans espoir, sans lumière. Je dis adieu à notre maison, où nous avons été si heureux et où plus jamais ne retentiront les rires de nos enfants et ton pas pressé.

Elle rejoignit la charrette, et ses enfants sur ses talons, ils partirent comme en exode.

Le logement qui les accueillit était des plus sordides qui soient. Des baraquements, construits à la hâte, de chaque côté d'une ruelle traversée par un caniveau nauséabond. Cet endroit semblait avoir été créé pour désoler un peu plus ceux qui y vivaient. Quelques enfants jouaient dans la rue et riaient, comme pour mieux conjurer le sort et rappeler que les enfants doivent rire.

Léopoldine déballa ses affaires dans les deux pièces exiguës qu'on leur avait attribuées. Les petits se tenaient debout près de la porte d'entrée, comme pétrifiés ; puis, après un long moment, Amélie osa :

— C'est vraiment ici que nous allons vivre, Maman ?

— Hélas, oui, c'est bien ici, je le crains. J'ignore pour combien de temps, mais pour l'instant, il faudra nous en contenter.

L'endroit était sale et sombre, une minuscule fenêtre laissait à peine passer le jour. La jeune femme décida de tout lessiver à grande eau ; elle frottait, frottait avec énergie, comme si chacun de ses gestes avait pu chasser le malheur qui l'accablait. Lorsque tout fut propre, elle mit une jolie nappe sur la table bancale, et l'endroit devint presque acceptable. Sur le réchaud de fortune, elle prépara quelques pommes de terre aux enfants, qui ne soufflaient mot, mais mangèrent de bon appétit. Quand ils eurent finis, Victor osa la question qui lui brûlait les lèvres :

— Maman, où allons-nous dormir ? Il n'y a que trois lits !

— Oui, je sais ; Victor, toi qui es le plus grand, tu dormiras seul ; Paul et Ferdinand dormiront ensemble, et les filles avec moi.

— Très bien, Maman, alors va préparer les lits, Amélie et moi nous ferons la vaisselle.

— Merci, mon chéri, c'est gentil.

Ses filles serrées contre elle, Léopoldine ne dormit pas, se demandant sans cesse quel crime elle avait pu commettre pour que le ciel la punisse ainsi.

Le lendemain, les enfants reprirent le chemin de l'école ; seul le petit Paul, trop jeune encore, restait avec sa mère. Elle fit connaissance de ses proches voisins, qu'il conviendrait mieux d'appeler voisines, car seuls des veuves et leurs enfants habitaient cette cité désolée.

Toutes ces femmes, masquées par leurs voiles de deuil, donnaient l'image d'une tribu orientale, émigrée là par hasard. Telles des ombres errantes, elles rendaient le lieu plus sinistre encore. Léopoldine, bien que très abattue, refusait de croire que la malédiction allait continuer, tout ceci ne pouvait qu'être provisoire. Il se passerait quelque chose qui les sortirait de là.

La cité d'urgence

Ils étaient installés depuis quelques semaines ; en ce jeudi après-midi, les enfants n'avaient pas école et jouaient avec les autres gamins du quartier, au bord du caniveau qu'ils avaient, comme ils pouvaient, transformé en terrain de jeux.

Amélie était avec Léa, une petite voisine, lorsque déboucha au coin de la ruelle une voiture longue et noire. Lorsque le véhicule s'approcha, elles distinguèrent le chauffeur en livrée et, juste derrière, une dame très élégante, vêtue d'un manteau de fourrure.

La scène paraissait incongrue et déplacée dans un lieu aussi désolé. Amélie, par jeu et pour se rendre intéressante, dit à son amie :

— Tu vois, cette dame, dans la voiture, c'est ma grand-mère !

— Menteuse, va ; si c'était vrai, tu habiterais ailleurs !

Quelques minutes s'étaient à peine écoulées, le sombre véhicule s'était garé et, avec de grands gestes, Léopoldine appelait sa fille :

— Amélie, viens ici, s'il te plaît !

La fillette, convaincue que l'on avait rapporté à sa mère le mensonge dont elle s'était rendue coupable, n'osait s'approcher, craignant la réprimande. Mais sa mère insista :

— Viens, Amélie, viens embrasser ta grand-mère !

Léa fut la plus stupéfaite des deux :

— C'est vraiment ta grand-mère ? Ça alors, quelle chance tu as !

Amélie s'approcha de la femme élégante et parfumée, et reçut un baiser sur le front :

— Bonjour, mon enfant, retourne t'amuser, je dois parler à ta maman.

Les deux femmes entrèrent dans le modeste logis. Léopoldine se souvint qu'elle avait été une maîtresse de maison accomplie et proposa une tasse de thé à la visiteuse. Elles s'attablèrent devant la boisson fumante.

La mère de Jean-Marie, car il s'agissait bien d'elle, prit enfin la parole.

— Si j'ai tant tardé à venir, c'est que j'ai eu du mal à vous retrouver ; maintenant, je vais vous dire ce qui m'amène. Je sais dans quelles conditions vous vivez, et je ne puis accepter cela pour mes petits-enfants. Alors, je vous demande de me les confier. Ils pourront avoir l'éducation à laquelle ils ont droit, aller dans de grandes écoles, voyager, etc. Et, seule, vous vous en sortirez mieux. Réfléchissez, je viendrai chercher votre réponse dans deux jours.

— Si je vous comprends bien, vous voulez me prendre mes enfants ?

— Non, je veux seulement qu'ils soient élevés selon leur rang !

— Pensez-vous que votre fils serait d'accord avec ça ?

— Vous avez détourné Jean-Marie de sa famille... je ne suis pas ici pour parler de ça ; quoi que vous en pensiez, je ne veux que le bonheur des enfants, réfléchissez bien !

Puis elle sortit, laissant Léopoldine plus désemparée que jamais. Pourtant, elle savait au fond de son cœur meurtri que la vie que l'on offrait à ses enfants, elle ne pourrait jamais, elle, la leur offrir. Elle se prit la tête à deux mains, de gros sanglots secouaient ses épaules. Pourquoi Dieu l'accablait-il de la sorte ? Après avoir perdu l'homme qu'elle aimait, fallait-il aussi qu'elle perdît ce qui lui restait de lui : leurs petits !

L'un après l'autre, ils arrivèrent ; ils avaient vu partir la longue voiture noire et venaient aux nouvelles. Victor, le premier, posa deux questions :

— Dis, Maman, c'est vraiment notre grand-mère, pourquoi ne l'avions-nous jamais vue ?

— Oh ! C'est une longue histoire, mes chéris ! Votre papa est issu d'une grande famille, qui s'est opposée à notre mariage car nous n'étions pas du même monde. Nous nous aimions très fort, il a tenu à m'épouser malgré tout, et nous avons été très heureux, tant qu'il a vécu.

— Alors, aujourd'hui, pourquoi est-elle venue ? Que voulait-elle ?

Léopoldine se racla la gorge :

— Elle souhaite vous emmener vivre avec elle, pour que vous ayez une belle vie.

Ferdinand et Marie, âgés respectivement de neuf et dix ans, ne virent que le bon côté des choses :

— C'est vrai, Maman, alors j'aurai un lit pour moi tout seul, je ne serai plus obligé de dormir avec Paul ?

— Et moi, Maman, j'aurai de jolies robes ?

— Oh ! Mes enfants, vous aurez bien plus que tout cela, une chambre chacun, les plus jolis habits, les meilleures écoles, vous ferez des voyages.

Amélie, qui jusque-là n'avait rien dit, et s'était contentée d'écouter, sortit de son silence et ses yeux, plus verts que jamais, lancèrent des flammes :

— Vous n'avez pas bientôt fini, tous, des chambres, des vêtements, des voyages. Rappelez-vous la promesse que l'on a faite à Papa, lorsqu'il est parti, de ne jamais abandonner Maman. Lequel d'entre vous est prêt à renier cette promesse ?

Le silence s'abattit sur la pièce, jusqu'à ce que Victor le rompe.

— Tu as raison, Amélie, nous resterons tous ensemble, comme le voulait notre père !

Léopoldine, émue par le sacrifice que ses enfants étaient prêts à consentir pour elle, essaya une nouvelle fois de les convaincre :

— Votre père voulait aussi que vous ayez une bonne vie et moi, je ne peux pas vous l'offrir !

Victor entoura les épaules de sa mère de ses deux bras, qu'il avait robustes, comme son père, malgré ses douze ans :

— Maman, je suis presque un homme, à présent ; je vais arrêter l'école et travailler, comme ça nous vivrons mieux.

La mère ne put s'empêcher de remarquer que dans l'adolescent qui lui faisait face, ferme et déterminé, son Jean-Marie revivait. Les mêmes boucles brunes, la même stature, et le même sourire ; elle le regarda avec émotion :

— Non, Victor, ça, jamais ; mon plus grand bonheur sera de vous garder tous avec moi, mais tu n'arrêteras pas l'école, c'est à moi de trouver des solutions, je ne sais pas encore lesquelles, mais je trouverai, avec l'aide de Dieu.

Pour la première fois depuis très longtemps, elle s'en remettait au ciel, retrouvant sa foi. Elle invoquait le nom du Tout-Puissant, sans le maudire : l'heure du pardon sonnait.

Deux jours plus tard, la longue voiture noire se gara à nouveau devant chez eux ; la nuit était presque tombée et une pluie fine brillait dans les phares allumés. Cette fois, la dame au manteau de fourrure n'eut pas à se donner la peine d'entrer. Les enfants, Victor en tête, l'attendaient dehors.

— Bonsoir, madame, nous vous attendions. Nous vous remercions de votre proposition, mais nous la refusons.

— Mes petits, vous n'avez pas réfléchi, voyons, pensez à la vie que je peux vous offrir ; vous êtes les enfants de mon fils, il est temps que vous viviez selon votre rang !

— Madame, nous ne savons pas ce qu'est le rang dont vous parlez, mais il y a une chose, une seule, que vous ne pourrez jamais nous offrir. C'est l'amour de notre mère.

La vieille dame reconnut, elle aussi, son fils disparu dans le garçon déjà mûr qui lui tenait tête. En fut-elle émue ou pas, personne n'aurait pu le dire ; elle restait digne et de marbre. Elle se pencha pour embrasser chacun des enfants sur le front, et rejoignit sa jolie voiture. Amélie a toujours affirmé l'avoir vue essuyer furtivement une larme, de son mouchoir de dentelle blanche. Réalité ou imagination enfantine ? On ne l'a jamais su...

D'autres semaines passèrent ; ils ne parlaient plus de cette grand-mère, qui avait fait une si courte apparition dans leur vie.

Léopoldine réfléchissait à s'en faire mal à la tête ; elle devait trouver des solutions pour améliorer leur vie. Oui ! Mais lesquelles ?

Chaque matin, alors que ses enfants étaient partis à l'école, la jeune femme allait ramasser des coquillages, à marée basse, afin de les préparer pour les repas. Elle pêchait des palourdes, des coques, des moules, des couteaux. Ces étranges crustacés sont ensevelis dans le sable ; un trou à peine perceptible, à la surface, indique leur présence : Léopoldine jetait un peu de gros sel dans l'orifice, le couteau remontait et, à l'aide d'une baleine de parapluie, elle tirait d'un coup sec et recueillait le crustacé, dont la chair délicate plaisait particulièrement à ses enfants.

Elle accommodait de différentes façons tous ces coquillages, et ils ne se plaignaient jamais d'en être las.

Un jour comme un autre, accroupie sur le sable, sa jupe coincée entre ses jambes pour ne pas la mouiller, elle eut soudain comme un éclair, et se souvint.

Lorsqu'elle était enfant, sa mère, femme de marin-pêcheur, lui avait appris à tresser l'osier pour en faire des bourriches, destinées à recueillir le poisson. Agile de ses doigts, elle s'en sortait bien. Pourquoi ne pas essayer ? Elle pourrait ensuite les revendre lorsque les bateaux rentraient.

Soudain très excitée, elle rentra d'humeur joyeuse, prit les quelques pièces de monnaie qui constituaient sa fortune et courut s'enquérir du précieux osier, qu'elle ramena, serré contre son cœur. Convaincue, à présent, qu'elle avait trouvé une des clés qui les feraient sortir de la misère.

Le bon génie du panier

Dès que Léopoldine fut rentrée chez elle, elle se mit au travail ; ayant besoin de place, elle étala les rameaux jaunes, longs et flexibles, à même le sol et, assise en tailleur, elle commença.

Les gestes ne revinrent pas tout de suite, cela faisait si longtemps ; elle s'y reprit à plusieurs fois, et enfin, entre ses doigts fins, l'objet prit forme.

Quand ses enfants rentrèrent de l'école, la bourriche était prête. Amélie, la première, la remarqua :

— Oh ! Maman, le joli panier, qu'est-ce que c'est ?

— Ça, ma chérie, ce n'est pas un panier comme les autres ; ce que tu vois là, c'est notre avenir.

Et elle éclata de rire, pour le plus grand bonheur des petits.

Ils se dirent que si le panier avait rendu sa joie de vivre à leur mère, alors, à n'en pas douter, il devait avoir quelque chose de magique. Elle leur expliqua son projet, tout en faisant frire les couteaux avec de l'ail et du persil qui embaumèrent la pièce. Ils mangèrent tous de bon appétit. Victor et Amélie n'osaient croire à cette histoire de panier qui devait changer leur vie, mais encourageaient leur mère dans son projet, afin qu'elle conservât son sourire.

Le surlendemain, fébrile, Léopoldine se rendit, son panier sous le bras, au port pour le retour des bateaux de pêche. Les embarcations accostaient, les hommes déchargeaient leurs cargaisons de poissons qui frétillaient dans les bacs. La jeune femme s'approcha d'un grand barbu, le bonnet de laine enfoncé jusqu'aux yeux, le gros pull-over couvrant les muscles qui saillaient sous l'effort. Il tendait, avec de larges gestes, la corde pour amarrer son bateau.

— Monsieur, s'il vous plaît ?

— Oui, ma petite dame, que puis-je faire pour vous ?

Elle lui tendit la bourriche.

— Je l'ai faite moi-même, je souhaiterais la vendre !

L'homme prit le panier et l'examina :

— C'est du beau travail ; vous seriez capable d'en fabriquer plusieurs ?

— Autant que vous voudrez !

La somme qu'il lui proposa dépassait ses espérances, et il lui passa commande de quinze bourriches pour la semaine suivante. Ils se serrèrent la main, contents l'un de l'autre de leur affaire. Léopoldine prit les billets, les plia soigneusement et les glissa dans son porte-monnaie. Elle reprit sa route, le cœur soudain léger : elle avait de nouveau un avenir, et elle allait le construire. Un vent glacial lui fouettait le visage, mais elle ne le sentait pas ; tout entière à ses projets, elle rêvait tout éveillée puis, mue par une impulsion, elle s'arrêta acheter un poulet et des fruits : ce soir, c'est fête ! se dit-elle.

Lorsque les enfants rentrèrent, la bonne odeur de la volaille rôtie les surprit.

— Mais Maman, comment as-tu fait ?

— Je vous l'avais dit, mes chéris, que mon panier allait changer notre vie.

En dégustant l'odorant poulet, elle leur conta par le menu l'affaire qu'elle avait traitée l'après-midi. Lorsque le délicieux repas ne fut plus que quelques os rongés, elle sortit les fruits, devant cinq paires d'yeux écarquillés : ils ne se souvenaient même plus en avoir déjà mangé. Ils avaient eu un festin, leur maman souriait, un bon génie habitait sûrement son panier. Cette nuit-là, ils rêvèrent à une vie plus souriante.

Quinze bourriches en une semaine... Léopoldine déployait de l'ardeur à la tâche, les paniers s'entassaient dans un coin de la pièce, pourtant exiguë. Chaque soir, quand elle se couchait, les doigts enflés et recroquevillés d'avoir tant tressé l'osier et les yeux rougis d'avoir fixé les brins, épuisée, elle n'attendait plus le sommeil, c'était lui qui venait à elle, la terrassant.

Aujourd'hui, elle était prête et, chargée comme une mule, se rendit au port. La distance était longue ; son lourd chargement freinant son pas, elle devait s'arrêter de temps en temps pour reprendre son souffle. Une pluie froide d'automne la transperçait jusqu'aux os, traversant un manteau trop léger pour la saison.

Parvenue enfin à destination, elle reconnut son client qui la héla :

— Bonjour, ma petite dame, vous êtes à l'heure, c'est bien ; allez, montrez-moi ça.

Il étudia attentivement chacune des pièces et hocha la tête.

— C'est du bel ouvrage, je vous félicite. J'ai une surprise pour vous : j'ai montré votre panier à mes collègues, ils sont tous intéressés. Venez, allons les voir.

Et sans plus de formalités, il lui prit la main :

— Je m'appelle René, et vous ?

— Léopoldine.

— Un curieux prénom pour une curieuse petite bonne femme ! Vous êtes très jolie, malgré votre petit nez rougi par le froid.

La jeune femme ne s'offusqua pas de cette familiarité inattendue, ses préoccupations étaient ailleurs…

Elle quitta le port et son nouvel ami avec une commande de trente bourriches. De quoi acheter de la viande pendant un trimestre et changer les vêtements les plus usés.

L'humble logis se mit bientôt à ressembler à une véritable ruche. Les paniers envahissaient l'espace déjà si restreint, les enfants les enjambaient pour rejoindre leur lit.

Mais pour rien au monde, ils n'auraient voulu les voir disparaître : ils leur étaient reconnaissants d'apporter un nouveau souffle dans leur vie.

Les repas que leur préparait leur mère avaient retrouvé la saveur d'autrefois, le civet de lapin avait de nouveau sa place à la table familiale. Même si Jean-Marie n'était pas là pour s'en délecter, ils sentaient tous sa présence qui les protégeait encore.

La deuxième commande fut bientôt prête ; Léopoldine avait noué les paniers entre eux à l'aide d'une corde et, son chargement sur le dos, pliée en deux par le poids, s'en retourna au port.

René, de nouveau, l'attendait et sourit en la voyant ainsi harnachée. Il se sentait admiratif et ému par la vaillance de ce petit bout de femme.

Il l'aida à accomplir ses livraisons. Partout, elle reçut un accueil chaleureux, des compliments sur son travail et de nouvelles commandes. René l'observait attentivement ; lorsqu'on lui remettait son argent, elle pliait avec soin chacun des billets en quatre, et les rangeait dans son porte-monnaie qu'elle serrait très fort dans sa main, avant de l'enfouir dans sa poche.

Il comprit l'importance que cela revêtait pour elle, et en fut tout attendri.

Quand il ne resta plus qu'une seule bourriche, il la prit par la main et, la tutoyant soudain, il lui dit :

— Viens, nous allons arroser ça, je t'offre un verre !

Ils se dirigèrent vers la rue de la Soif, la bien nommée, petite rue étroite où, de chaque côté, des bistrots à l'enseigne évocatrice accueillaient les Malouins en tout genre : le « Jean Bart », le « Surcouf », le « Pourquoi pas », le « Chateaubriand ». Ils optèrent pour le « Bar des terre-neuvas » et s'attablèrent devant une bolée de cidre doux.

Léopoldine se sentait intimidée, d'être ainsi seule en compagnie d'un homme, et, pour se donner une contenance, elle fixait la tasse blanche avec le liseré rouge qui la ceinturait.

René remarqua la confusion de sa compagne et s'en émut.

— Parle-moi de toi ; qui es-tu ?

— J'ai 29 ans et je suis veuve avec cinq enfants ; la guerre m'a pris mon homme !

— Cinq enfants ! Mon Dieu, mais tu as l'air si fragile, cela n'a pas dû être facile tous les jours, pauvre petite !

Elle ne voulait pas de sa pitié et le lui fit sentir :

— Je suis petite, la nature l'a voulu ainsi, mais je ne suis pas fragile ; je suis robuste et vaillante, je suis une vraie Malouine !

Elle avait dit cela sur un ton qui n'admettait pas de réplique, et il éclata d'un grand rire.

— Très bien, vaillante petite personne, je promets de ne plus en douter. J'habite tout près d'ici, veux-tu que je te montre ma maison ?

Elle accepta et le suivit. Il habitait quelques rues plus loin, à côté de la porte Saint-Louis. Il lui fit visiter les trois pièces qui constituaient son logement ; l'ensemble était propre et sobre, mais l'absence de femme le rendait un peu impersonnel.

Femme malgré tout

ELLE S'APPRÊTAIT À PARTIR lorsque, d'une main, il la retint :

— Reste encore un peu, s'il te plaît !

Et tout doucement, pour ne pas l'effaroucher, il la prit dans ses bras. Elle se laissa faire, se laissa guider vers la chambre, docile et consentante ; il y avait tellement longtemps qu'elle ne s'était pas sentie femme.

Il la caressa longuement, avec douceur, un peu comme on caresse un oiseau blessé ; après tout, n'était-ce pas ce qu'elle était ? Blessée et meurtrie, mais vivante, elle le comprit en retrouvant dans sa mémoire tous ces gestes oubliés. Lorsqu'il prit possession d'elle, toujours avec une extrême prudence, elle ouvrit grand ses yeux d'émeraude. Elle fixait intensément le plafond, attendant le moment de s'en approcher, mais la magie ne se produisit pas.

Certes, elle éprouva du plaisir, comme une petite étincelle, une brise légère qui séchait trop de larmes versées.

Reconnaissante, elle enfouit sa tête dans son cou, et l'odeur de tabac brun, l'odeur des embruns qui se dégageaient de la peau de l'homme l'enivrèrent.

Le carillon de l'église retentit quatre fois ; elle sauta sur ses pieds, ses enfants allaient sortir de l'école.

René la regardait s'habiller, tout en se demandant qui elle était réellement. Elle lui avait appartenu, quelques heures durant, mais déjà elle était ailleurs, dans sa vie à elle, là où il n'y avait pas de place pour lui. Il en conçut un sentiment de dépit ; elle lui avait donné son corps mais, obscurément, il sentait qu'elle ne le lui donnerait jamais plus.

Presque suppliant, il lui demanda :

— Tu reviendras, dis ? Tu reviendras ?

— Oui, je crois !

Puis il n'entendit plus que le bruit des pas pressés qui dévalaient l'escalier.

Léopoldine courait pour rentrer chez elle. Elle devait arriver la première, les enfants ne devaient surtout pas deviner. Certes, elle avait compris cet après-midi-là que, par-delà la souffrance, le malheur, la misère, les années, elle était restée femme. Mais avant tout, elle était mère et veuve de Jean-Marie. En chantonnant, elle prépara un bon dîner, la grisaille des murs du logement lui parut moins sinistre. Si, au cours de la soirée, le souvenir de René la traversa, elle n'en laissa rien paraître. Seules ses lèvres, encore gonflées des baisers reçus, esquissaient un léger sourire. Enjouée et légère, elle raconta aux enfants le carnet de commande rempli, les projets.

Sur la pointe des pieds, quelque chose qui ressemblait au bonheur revenait...

Au cours de ces dernières années, à plusieurs reprises, elle avait eu la sensation d'être un papillon pris dans une toile d'araignée, elle battait, battait des ailes mais les fils l'enserraient plus fort encore.

Aujourd'hui, enfin !, elle se sentait de nouveau vivante.

Au fil des semaines et des mois, elle se fit vite une réputation de sérieux auprès des pêcheurs. Ponctuelle dans ses livraisons, la qualité irréprochable de son travail forçait l'admiration.

Une fois la semaine, jamais plus, elle rejoignait René chez lui, et jusqu'aux quatre coups fatidiques de l'horloge, elle redevenait femme et laissait libre cours à sa sensualité. Son compagnon, bien que devenu très amoureux, avait compris que s'il voulait la garder, il ne devait pas pousser la porte de la vie qu'elle était en train de se construire. Résigné, il répondait à l'attente qu'elle avait de lui, mais lorsque les pas pressés redescendaient l'escalier, il se sentait seul et triste. Il l'appelait sa petite sauvageonne, et c'est ce qu'elle était devenue. Meurtrie et blessée jusqu'au plus profond de son être, elle voulait sa revanche, mais toute seule, aller seulement de l'avant, aller au bout de ce qu'elle s'était promis, réussir, ne plus jamais connaître la pauvreté. Elle aimait les moments qu'elle passait avec son amant, elle se ressourçait, puisant son énergie dans le désir qu'il avait d'elle.

Elle avait pour lui beaucoup de reconnaissance. N'avait-il pas été son premier ami ? Le premier qui lui avait fait confiance et cela, elle n'était pas près de l'oublier.

Souvent, elle se confiait à lui, ses espoirs, ses objectifs, ses économies qui, placées en banque, commençaient à fructifier. Bientôt, c'était sûr, elle pourrait déménager et emmener ses enfants vivre dans un endroit agréable. René l'écoutait, l'encourageait mais sentait bien qu'il n'avait pas sa place dans cet avenir-là. Compréhensif et aimant, il voulait l'aider plus encore et lui conseilla de développer ses affaires :

— Pourquoi t'arrêter aux bourriches ? Essaie de fabriquer d'autres objets : des paniers pour les femmes, des moïses, des berceaux.

— Je ne sais pas si j'en serais capable !

— Moi, je crois que tu peux y arriver !

Attendrie par la confiance qu'il lui témoignait, elle promit d'essayer.

Lorsque ses commandes pour les pêcheurs étaient prêtes et qu'elle disposait d'un peu de temps, elle faisait des essais. Elle en dessinait d'abord un croquis, puis tentait de le reproduire mais, peu satisfaite, elle défaisait et refaisait jusqu'à ce qu'enfin !, elle soit satisfaite de son travail.

Son premier cabas achevé, elle s'en fut le montrer à René et attendit son jugement.

— Je savais que tu pouvais le faire, il est magnifique. Il ne te reste plus qu'à en fabriquer plusieurs et à aller les vendre au marché !

Lorsque les quatre coups s'égrenèrent de la cloche de l'église voisine, ils éclatèrent de rire. Penchés tous les deux sur une grande feuille de papier blanc, ils avaient passé l'après-midi à dessiner de nouveaux objets d'osier, oublieux d'autres plaisirs. Elle crut bon de s'en excuser mais, scellant ses lèvres d'un baiser, il la fit taire.

— Sauve-toi, nous nous rattraperons la semaine prochaine.

Elle le remercia et s'en fut de son pas léger mais pressé. Les pensées se bousculaient dans sa tête. Elle était satisfaite du tournant que prenait son destin, elle était satisfaite de sa relation avec René.

Celle-ci durait maintenant depuis plus d'un an et, à aucun moment, elle ne s'était sentie coupable ou prise de remords.

Elle donnait à son amant ce qu'elle était encore capable de donner : son corps, son amitié, mais pas plus. Son cœur, son âme, étaient ensevelis quelque part dans une tranchée, du côté de Verdun…

Elle n'en souffrait plus, toute tournée vers la réussite qu'elle voulait pour ses enfants, pour elle, et pour que, là où il était, Jean-Marie soit fier d'elle.

Les cabas à provisions eurent, à leur tour, un grand succès auprès des ménagères. Chaque samedi matin, quel que soit le temps, elle montait son étal sur le marché, dès six heures du matin.

Elle repartait à midi, toute sa marchandise vendue. Elle avait appris à Amélie et à Marie le travail de l'osier, et le soir, à la veillée, Victor lisait des histoires : des aventures de flibustiers, de navigateurs, de terres conquises, leurs ancêtres sans doute.

Ces Malouins célèbres, qui ont laissé leurs traces dans chaque pierre de la cité. Victor lisait, Ferdinand et Paul lissaient et dénouaient les rameaux jaunes, Léopoldine et ses filles tressaient et créaient des objets, de plus en plus élaborés. La place manquait pour entreposer les vanneries, et la jeune femme avait tiré des cordes d'un bout à l'autre de la pièce, au ras du plafond, et les paniers de toutes sortes s'alignaient les uns derrière les autres, en un tableau plutôt hétéroclite.

Lorsque les premiers moïses et les premiers berceaux virent le jour, Léopoldine qui, selon le rite établi, se rendait à son rendez-vous hebdomadaire avec René, elle n'y dérogeait jamais. Le plaisir qu'elle tirait de ces rencontres participait à son équilibre.

Elle fut surprise de le trouver l'attendant sur le pas de sa porte ; il lui faisait, de loin, de grands signes avec les bras, l'invitant à se presser.

Intriguée, elle accéléra le pas et parvint jusqu'à lui.

— Viens, suis-moi et surtout, ne pose pas de questions !

Il l'entraîna d'un pas vif et, sa main dans la sienne, elle suivait, sans mot dire. Ils firent ainsi quelques centaines de mètres puis, par la porte Saint-Vincent, longèrent les remparts sur la gauche ; brusquement, René s'arrêta :

— Ferme les yeux, tu les ouvriras quand je te le dirai !

Elle obéit ; doucement, il la poussa de trois pas :

— Maintenant, tu peux les ouvrir !

Elle regardait autour d'elle sans comprendre :

— Qu'y a-t-il à voir ?

— Tu vois cet immeuble, là devant toi ? Il est à vendre !

— Mais tu es fou ! J'ai des économies, certes, mais cela ne suffira jamais !

— Tu te trompes : le prix est modique, les propriétaires sont impatients de trouver acheteur ; viens ! Ils nous attendent pour la visite.

Le rez-de-chaussée s'ouvrait sur une petite échoppe fermée depuis longtemps ; elle avait besoin d'un bon coup de peinture, mais elle était claire et aménageable. Un escalier en colimaçon conduisait aux appartements. Au premier étage, un grand séjour-salon, au parquet brillant, à la cheminée de granit. Une cuisine carrelée, avec un évier d'émail au-dessus duquel un robinet laissait à croire que l'eau était courante. Un vestibule s'ouvrait sur une grande chambre au papier fleuri ; sur le côté droit du mur, une porte donnait accès à un cabinet de toilette avec douche. À gauche du vestibule, un autre escalier montait au deuxième et dernier étage et desservait quatre jolies chambres, propres et gaies.

Léopoldine traversait les pièces comme dans un rêve, trouvait tout magnifique, s'émerveillait de tout, mais redoutait le moment où le prix qu'on lui annoncerait pour tout cela ferait s'écrouler ses dernières illusions. Lorsque la visite fut terminée, ils redescendirent dans le magasin.

Ainsi que René le lui avait dit, les propriétaires étaient pressés de vendre ; ils ne s'en cachèrent pas et le montant annoncé, très inférieur à la valeur réelle, montrait leur impatience.

Léopoldine ne possédait pas la totalité de la somme ; elle s'en approchait, mais il lui faudrait encore plusieurs mois avant de réunir les fonds.

Le bailleur prit la parole :

— Nous sommes jeudi, il nous faut votre réponse pour lundi ! Réfléchissez vite, vous n'êtes pas près de retrouver une pareille affaire !

— Vous aurez ma réponse lundi !

Lorsqu'ils se retrouvèrent dans la rue, le sourire radieux de René contrastait avec la mine renfrognée de sa compagne ; il s'en inquiéta :

— Que se passe-t-il ? Tu n'as pas aimé ma surprise ? Qu'en dis-tu ?

— J'en dis, j'en dis que tu es fou ! Bien sûr, c'est magnifique, mais c'est trop tôt ; je ne suis pas prête, il me faudra encore de nombreux mois avant que je dispose d'une telle somme et, pressés comme ils le sont, ces gens-là n'auront pas la patience d'attendre !

— Mais, ma douce chérie, que tu es bête : les banques existent, elles peuvent te prêter la différence !

La jeune femme a tressailli en s'entendant nommer « ma douce chérie » ; elle se retint de rétorquer qu'il n'avait pas le droit, pas ces mots-là, ils appartenaient à Jean-Marie... Sans le vouloir, il venait de rouvrir la plaie mal refermée... Elle se reprit, l'heure n'était pas à la nostalgie.

— Mais je n'ai pas de garantie, quelle banque acceptera de me faire confiance ?

— Si, il existe une solution : tu leur proposes de prendre une hypothèque sur le magasin, jusqu'à la fin des remboursements !

— Tu crois que c'est possible ?

— Bien sûr, viens, on va y aller tout de suite !

Emplie d'appréhension, Léopoldine décida de commencer ses recherches par la banque où son épargne était placée. Les négociations ne furent pas très longues ; le banquier comprit très vite que la jeune femme qu'il avait en face de lui ne se contentait pas d'avoir la tête bien faite, mais l'avait également bien pleine. Elle lui apparut volontaire et déterminée ; il sentit que prendre le pari de la suivre pourrait, à terme, se révéler une opération fructueuse. Il lui proposa une somme plus importante que le prêt nécessaire, sur une durée de trois ans. Marché conclu, documents signés, elle prit congé ; comme portée par un nuage, elle échafaudait des plans, comptait mentalement : la somme, supérieure à son attente, lui permettrait d'acheter les meubles de première urgence.

Tout à la fois la tête dans les nuées et les pieds sur terre, elle réalisait, malgré tout, que son combat ne faisait que commencer, que ce premier pas vers la réussite réclamerait d'elle plus d'efforts encore. Elle se sentait prête, et son courage aurait abattu des montagnes.

René se sentait fondre d'admiration pour ce petit bout de femme, qui menait sa barque contre vents et marées. Il l'écoutait, l'encourageait de toute sa tendresse, conscient tout de même qu'elle lui échappait en raison de l'indépendance qu'elle prenait.

Elle, tout à cet avenir qu'elle se construisait, ne voyait pas ou ne voulait pas voir les attentes de son ami.

Au Grand Bé

LE LUNDI, les papiers signés, elle prit possession de ses clés ; elle n'avait rien dit à ses enfants, leur réservant la surprise.

Le propriétaire parti, elle restait là, seule au milieu du local qui deviendrait son magasin ; elle regardait le trousseau de clés, serré dans sa main, serré au point d'en laisser les empreintes sur ses paumes ; elle craignait qu'en relâchant la pression de ses doigts, le rêve ne s'envole…

Elle resta là, immobile et pensive, un long moment, imaginant les murs repeints de beige, les tentures vertes encadrant les vitrines, la banque de bois bien cirée ; elle aurait beaucoup de travail pour rendre cet endroit accueillant, mais cela ne la rebutait pas : au contraire, pourvu que les clients affluent…

Elle se décida enfin à partir ; sur le chemin du retour, elle s'arrêta à la pâtisserie pour acheter un grand gâteau pour le soir.

Elle garda son secret tout au long du repas. Les enfants se levaient déjà pour desservir la table, mais elle les retint :

— Non, ne bougez pas, il y a un bon dessert !

Elle se leva, et revint en portant triomphalement le gâteau, sur lequel elle avait disposé, telles des bougies, trois grosses clés. Elle posa le plat au milieu de la table, sous les yeux médusés de ses enfants.

— Mais Maman, qu'est-ce que c'est ? Il n'y a pas d'anniversaire aujourd'hui !

— Je sais, je sais, répondit-elle, rieuse et mystérieuse. Regardez bien, ce ne sont pas des bougies !

Amélie remarqua la première :

— Des clés ! Mais pourquoi, Maman ?

— Oui, mes chéris, des clés : celles de notre nouvelle maison !

— Oh ! Maman, c'est vrai, c'est bien vrai, nous allons déménager ! C'est où ? C'est comment ?

— Vous la verrez demain, après l'école, et je crois qu'elle vous plaira !

Les questions fusaient sans qu'elle ait le temps de répondre à toutes :

— Il y a combien de chambres ? Il y a l'eau courante ? Une salle de bains ? Une salle à manger ?

— Oui, oui, il y a tout cela et plus encore…

Elle prit la pelle à gâteau et distribua les parts, la gourmandise l'emportant provisoirement sur la curiosité.

Léopoldine mangeait distraitement, trop énervée pour avoir faim. Elle regardait les vanneries encordées au plafond, elle les regardait avec reconnaissance, comme si elle les remerciait d'avoir été les instruments de son destin.

Comme chaque soir, avec ses filles, elle tressa l'osier. Victor faisait la lecture, mais devait s'interrompre fréquemment, ses frères et sœurs ne se lassant pas d'interroger leur mère sur la nouvelle maison. Les plus petits ne gardaient pas de souvenirs de leur vie avant la cité d'urgence, et n'imaginaient même pas que l'on puisse vivre ailleurs.

Cette nuit-là, les enfants comme leur mère s'endormirent le cœur léger, certains, désormais, que l'avenir s'éclairait.

Le lendemain, dès qu'elle fut seule, Léopoldine se mit à empaqueter leurs affaires ; elle voulait quitter ce lieu sinistre au plus tôt, partir et, si possible, oublier très vite ces années de misère, ces années de désarroi pendant lesquelles elle avait souvent pensé que sa vie était fichue.

Tandis qu'elle pliait le linge pour le ranger dans des cagettes, elle imaginait le travail qui l'attendait. Heureusement, la partie habitation de leur nouvelle maison était propre et ne lui demanderait pas beaucoup d'efforts, mais le magasin était à refaire et l'aménager lui prendrait plusieurs jours ; le temps pressait, elle voulait ouvrir aux clients au plus tôt.

Elle retrouvait très vite son goût très sûr pour la décoration, une qualité qu'admirait Jean-Marie.

Admiratif quant à ses choix et à son imagination.

Au repas de midi, les enfants piaffaient d'impatience.

— Tu viens nous chercher à cinq heures, dis, Maman ? Tu n'oublies pas ?

— Bien sûr que non, ne vous inquiétez pas : je serai là à l'heure.

— Et tu crois que l'on pourra déménager bientôt ?

— Samedi, je pense !

Samedi, et nous étions mardi : ce n'était plus un rêve, mais une réalité qui prenait corps, plus que quatre jours. La joie d'Amélie était au diapason de celle des autres mais une chose, une seule l'ennuyait :

— Maman, je ne verrai plus Léa ?

— Si, ma chérie, tu pourras l'inviter à venir nous voir, tu as ma permission !

L'ombre disparut complètement du regard de la fillette, si semblable à celui de sa mère.

Les enfants repartis pour l'école, la jeune femme se rendit dans le grand magasin de meubles qui se trouvait à Paramé et dont, souvent, elle avait admiré la vitrine, certaine que jamais elle ne pourrait en pousser la porte d'entrée.

Elle choisit des lits, un pour chacun de ses enfants, un pour elle, deux armoires, un buffet, une table et six chaises. Si le commerçant s'étonna de voir une jeune femme habillée si modestement faire des achats aussi importants, il n'en laissa rien paraître, trop heureux de réaliser sa vente.

Lorsque le moment de régler l'addition arriva, Léopoldine prit un ton déterminé et convaincant pour exiger la livraison impérativement le vendredi ; le vendeur tenta de gagner du temps, mais en vain.

— Vous me livrez vendredi, ou je m'adresse à l'un de vos concurrents !

— Très bien, mais vous alors, vous savez ce que vous voulez !

Elle redressa sa petite taille, releva son petit menton et, fièrement, donna sa nouvelle adresse.

L'homme fut encore plus surpris ; décidément, cette cliente resterait pour lui un mystère : comment pouvait-elle habiter une de ces demeures à l'intérieur des remparts ? Il la regarda partir, de sa démarche légère, et remarqua alors que, sous sa tenue vestimentaire usée, il y avait en elle une élégance et une grâce naturelles.

Léopoldine pressa le pas ; elle voulait faire un détour par le port pour dire bonjour à René.

Elle le trouva en train d'amarrer son bateau. Il la vit, son visage s'illumina et, d'un bond, il sauta à terre.

— Alors, ma jolie, dis-moi tout, tu emménages quand ?

— Si tu peux m'aider, j'aimerais que ce soit samedi !

— Bien sûr, j'ai un collègue qui viendra nous aider, nous ne serons pas trop de deux ; il amènera sa charrette à bras.

— Marché conclu, et encore merci. À samedi !

— Tu t'en vas déjà ? Mais tu viens d'arriver, je t'ai à peine vue !

— Je suis désolée, mais j'ai promis aux enfants de les attendre à la sortie de l'école et de les emmener visiter la maison.

— Ah ! Bon, je comprends !

Il avait dit cela d'un ton triste et, en la regardant s'éloigner, il se demanda si elle accepterait jamais de le laisser prendre une place plus importante dans sa vie.

Elle marchait d'un pas vif, sans se retourner ; elle aussi pensait à René, à la tendresse qu'elle avait pour lui, tendresse mêlée de reconnaissance mais pas plus, elle n'avait pas plus à donner...

Elle arriva comme les enfants sortaient et, tous ensemble, ils reprirent le chemin de la cité.

L'air était doux en ce début de mai, les arbres parés de fleurs montraient la renaissance de la nature.

Paul et Ferdinand sautillaient en marchant, montrant ainsi leur joie ; Victor tenait le bras de sa mère, en un geste masculin et protecteur ; Amélie et Marie se tenaient par la main, détendues et heureuses ; Léopoldine se dit que, pour elle aussi, c'était l'heure de la renaissance...

Lorsqu'ils arrivèrent à destination, elle prit le trousseau de clés dans sa poche et ouvrit grand la porte d'entrée.

— Voilà, mes enfants, vous êtes chez vous !

Telle une envolée de moineaux, ils s'éparpillèrent dans la maison, voulurent tout voir en même temps, très vite, de peur que le rêve ne s'achevât.

Léopoldine, restée dans le magasin, assise à même le sol, les écoutait s'extasier et se chamailler :

— Oh ! Que c'est beau, ici ce sera ma chambre !

— Non, ce sera la mienne !

Victor, le raisonnable, les calmait :

— Non, c'est à Maman de décider, allez-vous arrêter de vous disputer ?

Quand ils eurent tout visité, ils redescendirent bruyamment l'escalier et trouvèrent leur mère en larmes. Le petit Paul s'approcha, inquiet :

— Maman, tu pleures, ça ne va pas ?

— Si, mon chéri, si, mais tu sais, quelquefois, on peut aussi pleurer de joie, et je me disais aussi que si votre père nous voit, il doit lui aussi être très heureux pour nous.

Victor aida sa mère à se relever, la prit dans ses bras, et doucement lui dit :

— Merci, Maman !

Les petits s'approchèrent, les entourant ; ils restèrent ainsi, serrés les uns contre les autres, un grand moment. Le malheur s'éloignait et ils étaient ensemble, comme l'avait voulu Jean-Marie.

Amélie, mue soudain par une impulsion, s'écria soudain :

— Maman, mais il faut un nom à ton magasin, comment vas-tu l'appeler ?

— J'y ai déjà pensé, tu sais ; il va s'appeler « Au Grand Bé ».

— C'est joli, mais pourquoi ?

— Parce que l'îlot que vous connaissez était l'endroit préféré de votre père et qu'ensemble, nous y avons fait de longues promenades autrefois... Maintenant, nous devons rentrer, je dois préparer le dîner.

— Oh ! Maman, comme j'aimerais que nous puissions rester ici dès ce soir !

La petite Marie avait dit cela presque sur un ton de supplique, ce qui fit sourire sa mère.

— Je sais, chérie, mais dans quatre jours, nous serons là définitivement, je te le promets !

Et à regret, ils sortirent.

La soirée s'écoula dans la gaieté. Léopoldine, comme les autres soirs, fit courir l'osier entre ses doigts, mais il lui semblait aujourd'hui qu'elle travaillait mieux et plus vite ; sans doute le bonheur que reflétait le visage de ses enfants, en libérant son esprit, la rendait-elle plus légère et cela rejaillissait-il sur son habileté.

De la persévérance à l'espérance

LE SAMEDI, tant attendu, fut enfin là. René, ponctuel comme à son habitude, arriva dès neuf heures le matin, accompagné de son camarade.

Les enfants n'avaient jamais vu l'ami de leur mère, et Victor fronça le sourcil en voyant l'intrus poser un baiser sur la joue de leur mère, mais ce jour était jour de joie, et bien vite il chassa cette pensée…

Le déménagement fut rapide, Léopoldine ayant tout préparé les jours précédents. La charrette remplie, ils grimpèrent tous dessus et Léopoldine ferma pour toujours la petite porte de bois blanc, disant adieu à ces années de souffrance, de doute, et d'espoirs enfin accomplis. À quelques mètres de là, sa voisine, la maman de Léa, la regardait faire avec envie, se demandant quand elle pourrait elle aussi quitter l'horrible cité d'urgence…

Léopoldine s'approcha d'elle et l'embrassa :

— Ne te désespère pas, garde confiance : ton tour viendra, et tu viendras nous voir, Amélie ne pourra pas se passer de Léa.

— Merci, nous viendrons, c'est promis ; bonne chance dans ta nouvelle vie, tu le mérites, tu t'es tant battue.

— Merci, à bientôt.

Elle rejoignit la charrette et, René à ses côtés, elle suivit à pied.

Pas une seule fois les enfants ne se retournèrent sur ce passé, qu'ils oubliaient déjà. Elle, elle se retourna, contemplant une dernière fois l'abri précaire où elle avait appris le dur combat de la vie.

Le lourd chariot pénétra intra-muros, par la porte Saint-Vincent, puis s'immobilisa devant la haute demeure.

Comme lors de leur visite, les enfants s'éparpillèrent très vite dans la maison, s'émerveillant des meubles neufs, qu'ils n'avaient pas encore vus. Bien sûr, il manquait encore beaucoup de choses, mais ils étaient chez eux.

Léopoldine, la veille, avait préparé les chambres. Les garçons en avaient chacun une, et les filles se partageaient la quatrième selon leurs vœux. Des rideaux de cretonne habillaient les fenêtres, de la même couleur que les édredons de plume qui couvraient les lits.

Les petits n'en finissaient plus de remercier leur mère. René observait et souriait, partageant le bonheur tout neuf de son amie.

Elle, elle s'activait, voulant tout ranger au plus tôt pour se donner l'impression qu'ils vivaient là depuis longtemps.

Les deux hommes restèrent dîner, elle leur devait bien ça. René avait déniché quelques bûches de bois et le feu crépitait dans la haute cheminée de granit. Léopoldine dut appeler plusieurs fois ses enfants pour passer à table, tant ils se sentaient bien dans leurs nouveaux domaines.

Les invités se retirèrent sitôt le repas terminé, comprenant que Léopoldine avait besoin de repos.

Quand elle se retrouva seule dans sa chambre, elle ouvrit la fenêtre. Certes, elle ne voyait pas le Grand Bé, seulement la rue, mais elle préférait cela : elle n'aurait pas supporté d'admirer ce site, sans la présence de Jean-Marie à ses côtés. Une fois de plus, c'est à lui qu'elle s'adressait :

— Tu vois, ça y est, je suis revenue dans nos chers remparts, je crois que je suis, enfin !, la femme que tu avais vue en moi. J'y suis parvenue grâce à notre amour.

Quand elle se coucha, elle crut sentir flotter dans la pièce comme une odeur de tabac brun et, sereine pour la première fois depuis très longtemps, elle s'endormit.

Le lendemain matin, elle déjeuna seule, d'un pot de thé et de tartines salées ; aucun bruit dans la maison… les enfants dormaient plus tard que d'habitude, fatigués de leur excitation de la veille.

Sans faire de bruit, elle s'habilla d'une grosse blouse grise et, ses cheveux enturbannés d'un foulard, elle descendit dans son magasin.

Entreposés dans un coin de la pièce, les peintures, pinceaux, tentures et autres produits qu'elle avait achetés quelques jours auparavant.

Mais avant, elle devait d'abord tout lessiver. Elle se mit au travail.

Juchée sur un escabeau, une brosse dure à la main, elle terminait le troisième mur quand elle entendit des pas descendre l'escalier. Le petit Paul est là et la regarde :

— Bonjour, Maman ; continue, Amélie nous a préparé le petit déjeuner et nous avons fait notre lit.

— Bonjour, mon chéri. Vous êtes des anges ; grâce à vous, je peux m'occuper du magasin.

Un instant plus tard, toujours au sommet de l'escalier, elle entendit un coup résonner contre la vitrine ; les vitres rendues opaques par la saleté ne lui permettaient pas d'apercevoir le visiteur.

Lestement, elle descendit de son perchoir pour ouvrir à l'inconnu.

— Bonjour, ma jolie, j'ai une surprise pour toi !

Avec fierté, il brandit une longue planche de bois marron, sur laquelle des lettres peintes en vert annonçaient : « Au Grand Bé ». René avait conçu, de ses mains, l'enseigne de son magasin.

Léopoldine rosit d'émotion ; trop confuse pour penser à dire merci, elle bafouilla quelques mots :

— Il ne fallait pas, tu n'aurais pas dû…

— Ce n'est pas ce que tu voulais ? Il faut bien une enseigne à ce joli magasin !

— Excuse-moi, je suis si surprise… merci, merci beaucoup.

— Allons, allons, pas de merci ; donne-moi plutôt ton escabeau que je t'installe cela.

La poussant gentiment, il se saisit du petit escalier de bois et se mit au travail ; la jeune femme le regarda faire, les lettres se détachaient bien sur la façade et étaient du plus bel effet.

Quelques badauds s'arrêtèrent, curieux d'en savoir plus.

— Vous reprenez cette boutique ? Pour quel genre de commerce ?

— Des objets de vannerie ! répondit Léopoldine, avec une certaine fierté.

— Nous viendrons voir ça, lorsque vous aurez ouvert !

— J'espère bien, à bientôt !

À ce moment seulement, elle se souvint de sa tenue un rien négligée et, précipitamment, rentra à l'intérieur. Les murs lessivés sécheraient jusqu'à l'après-midi ; elle monta à l'étage préparer le déjeuner, bientôt rejointe par son ami.

— Mission accomplie, ma petite dame ; j'ai fixé le tout solidement, pour les jours de grand vent.

— En récompense de ta peine, veux-tu partager notre repas ?

— J'accepte, avec joie !

Ils déjeunèrent tous gaiement, même Victor qui fit contre mauvaise fortune bon cœur, trouvant que, décidément, cet homme-là prenait une place qu'il ne souhaitait pas lui voir prendre.

René avait senti la réticence de l'adolescent et, usant de son sens de l'humour, s'arrangea pour faire rire tout le monde à table.

Amélie se leva pour desservir :

— Maman, tu peux retourner au magasin, nous ferons la vaisselle !

— Tu as raison, chérie ! J'aimerais que la première couche de peinture soit posée d'ici ce soir !

Elle redescendit, René sur ses talons :

— Je vais t'aider ; à deux, nous aurons fini plus vite !

— Si tu as d'autres projets, tu n'es pas obligé de rester.

— D'autres projets ? Non, seulement celui de t'être utile.

— Alors, au travail ! Le matériel est là !

Ils travaillèrent d'arrache-pied tout l'après-midi et, le soir, la première couche de peinture beige était posée. Le local, ainsi éclairé, paraissait plus grand. Ils admirèrent leur ouvrage, satisfaits. René, de peur de s'imposer, prit congé rapidement.

— Demain, je ne pourrai pas venir t'aider, je sors en mer !

— Ne t'inquiète pas, je m'en sortirai toute seule !

Il effleura ses lèvres d'un léger baiser et sortit.

Léopoldine rangea les pots, mit les pinceaux à tremper et monta faire un peu de toilette.

De son foulard s'échappaient quelques boucles, sur lesquelles s'étaient déposés quelques éclats de peinture beige qu'elle eut bien de la peine à enlever.

Tout en se lavant les cheveux, elle se dit que si tout allait bien, elle pourrait ouvrir son magasin dès jeudi. Cette seule idée faisait battre son cœur très fort, elle espérait que les clients suivraient…

Elle prépara quelques galettes de blé noir, dont les enfants se régalèrent ; elle n'y toucha guère, trop fatiguée pour avoir faim. La table desservie, la vaisselle faite, elle n'avait plus qu'un désir : dormir ! La journée du lendemain promettait, elle aussi, d'être rude.

Les enfants ne firent aucune difficulté pour se mettre au lit : lorsqu'elle monta les voir pour un dernier baiser, les petits dormaient déjà profondément.

Le lundi soir, la peinture était finie. Elle consacrerait la journée de mardi à cirer la banque de bois et le plancher, à faire briller les vitres, à coudre des ourlets aux tentures de tissu vert.

Quand elle eut fini, elle se fabriqua deux tabliers dans les chutes de tissu ; bordés d'un croquet blanc, ils faisaient ressortir l'émeraude de ses yeux. Elle tournait et virevoltait dans ce qu'elle pouvait désormais nommer : son magasin.

Dans la vitrine, elle mit le plus joli de ses moïses, habillé de percale blanche, un petit fauteuil au dossier rond, un guéridon aux pieds torsadés et quelques paniers, de-ci, de-là, pour agrémenter le tout.

Voulant se rendre compte de l'effet produit, elle sortit dans la rue pour voir les vitrines de l'extérieur. Elle avait toutes les raisons de se montrer fière, l'ensemble était ravissant et du meilleur goût. Quelques passants s'arrêtaient en faisant des commentaires admiratifs, se promettant de revenir dès l'ouverture...

L'identité sociale retrouvée

Le jeudi matin, fidèle à son objectif, elle accrocha un panneau : « ouvert » sur la porte d'entrée. Puis, elle attendit… oh ! pas très longtemps : quelques minutes plus tard, le carillon de l'entrée retentit, livrant le passage à une dame élégamment vêtue. Léopoldine vint à sa rencontre :

— Bonjour, madame, puis-je vous aider dans votre choix ?

— J'ai vu de si jolies choses dans votre vitrine que je n'ai pas résisté à la tentation de voir ce que vous aviez à l'intérieur.

— Mais, je vous en prie, regardez !

Elle repartit, non sans avoir acheté le guéridon de la vitrine, promettant de revenir…

À midi, Léopoldine avait vendu trois paniers et un fauteuil. Entre deux clients, au fond du magasin, elle continuait de tresser d'autres objets.

En fin d'après-midi, René fit lui aussi tinter le carillon. Il s'émerveillait du goût très sûr de la décoration ; l'odeur de bois ciré, mêlée à celle de l'osier, rendait l'atmosphère chaude et accueillante. Ce sentiment s'accentua lorsqu'il découvrit la maîtresse des lieux. Ses cheveux, relevés en un lourd chignon, dessinaient l'ovale parfait de son visage ; une longue jupe noire aurait pu la rendre triste, si ce n'était le tablier vert, noué sur sa taille fine, de cette couleur fétiche, celle de ses yeux d'émeraude à l'éclat si particulier.

Il la fit tourner sur elle-même pour mieux l'admirer, mais elle l'empêcha de continuer :

— Tu es fou, on peut nous voir de l'extérieur !

— Pardon, j'oubliais ton nouveau statut de commerçante !

— Tu peux te moquer, mais je tiens à ma réputation !

— Tu as raison, mais tu m'as tant manqué !

— Tu m'as manqué aussi, même si je n'ai pas eu une minute à moi.

— Comment ferons-nous pour nous voir, à présent ?

— Je n'y ai pas pensé, mais nous trouverons bien !

Elle avait dit ces derniers mots presque sur un ton d'irritation : elle se posait beaucoup de questions quant à son avenir mais, parmi celles-ci, celle de son temps libre n'entrait pas en jeu.

Heureusement, un client, venu s'enquérir d'une bourriche, mit fin à cette situation embarrassante. Tout en servant aimablement le visiteur, Léopoldine observait du coin de l'œil René qui, de manière ostensible, boudait dans un angle de la pièce. Elle s'en voulait de lui faire ainsi de la peine, mais il devait aussi comprendre ses priorités.

Quand ils furent de nouveau seuls, pour se faire pardonner, elle l'invita à déjeuner le dimanche suivant. Presque instantanément, il retrouva son sourire, et promit d'apporter une bouteille de vin ainsi qu'un gâteau. Il se rassurait, se disant qu'après tout, le fait qu'elle l'invite en présence de ses enfants prouvait qu'elle tenait à lui. Ce qui, en soi, était vrai : elle tenait à son ami, d'une profonde tendresse, mais ce sentiment-là ne pouvait se nommer « amour », il était trop sage, trop raisonnable ; au fond de son cœur, elle sentait bien, elle, que le prénom de Jean-Marie était empreint à jamais.

Les enfants avaient fini par s'habituer à la présence de cet homme ; même Victor, qui comprit rapidement qu'il n'était pas un danger et que jamais il ne leur prendrait réellement leur mère…

Les affaires marchaient bien ; avec les beaux jours, les touristes commencèrent d'envahir la cité et leur clientèle faisait progresser les recettes du « Grand Bé ». Léopoldine ne trouvait plus le temps de renouveler son stock et engagea une ouvrière. Elle n'eut aucun mal pour la former : volontaire et consciencieuse, elle s'appliquait à sa tâche et ne rechignait pas sur les dépassements horaires. Comme sa patronne, elle avait le goût du travail bien fait. En l'engageant, Léopoldine était sûre de ne pas se tromper et de faire en plus une bonne action, car il s'agissait de la maman de Léa, l'amie des mauvais jours à la cité d'urgence.

Mathilde, de son prénom, était reconnaissante à son amie de l'aider, par ce travail, à sortir elle aussi de la misère. Amélie et Léa trouvaient elles aussi leur compte à cet arrangement : elles jouaient ensemble tous les jours, dans la chambre d'Amélie les jours de mauvais temps, et à la plage lorsqu'il faisait beau, sous la surveillance de Victor qui prenait son rôle d'aîné très au sérieux. Léopoldine, aidée au magasin, pouvait de nouveau s'échapper un jeudi après-midi, de temps en temps, pour retrouver René. Elle prenait toujours autant de plaisir à leurs rencontres clandestines, car elles participaient à son équilibre personnel. Lorsqu'il refermait ses bras puissants sur elle, elle laissait aller doucement sa tête contre lui, vulnérable et confiante, humant l'odeur de sel laissée sur sa peau par la mer. Plus tard, allongée contre lui, elle laissait vagabonder son esprit. Elle se trouvait satisfaite de sa vie : son commerce était florissant, ses enfants ne posaient pas de problème majeur, et un homme lui rappelait qu'elle était femme et désirable. Ce n'était sans doute pas le grand bonheur qu'elle avait connu, mais une certaine quiétude, bienvenue après ces années d'épreuves.

René semblait s'être fait à cette situation, ou tout au moins il ne s'en plaignait pas.

La saison battait son plein ; sur les plages, le long de la digue, de Saint-Malo à Rochebonne, les cabines de change en toile rayée s'offraient au soleil. Les baigneurs, en maillot une pièce, se livraient aux joies de la mer.

Aux premiers jours d'août, une lettre arriva au « Grand Bé » : elle portait le cachet de la mairie. Intriguée, Léopoldine commença à lire.

« *Madame,*

Vous êtes conviée au Bal des œillets, qui se tiendra le 14 août à partir de 21 heures au casino de Saint-Malo. »

La jeune femme n'en crut pas ses yeux ; elle éclata d'un rire nerveux, qui fit se retourner Mathilde :

— Que t'arrive-t-il ?

— Lis, lis, Mathilde, et tu comprendras !

À son tour, elle écarquilla les yeux :

— Tu en as de la chance, d'être invitée à la plus belle soirée de la saison !

— Mais tu es folle, je ne vais pas y aller ! Et d'ailleurs, je n'ai pas de tenue appropriée !

— Qu'à cela ne tienne, nous allons en fabriquer une, et je garderai les enfants !

— Je ne sais pas, il y a si longtemps que je ne suis pas allée à une soirée, j'ai peur d'être gauche !

— Pour le commerce, c'est important que tu sois vue, que tu te fasses de nouvelles relations. Je garde la boutique, va acheter du joli tissu pour ta robe !

— Tu as peut-être raison... Merci, Mathilde !

Elle choisit une cotonnade fleurie, dans les tons de blanc, rose et vert ; elle prit également un grand ruban vert pour la ceinture.

Entre deux clients, l'après-midi même, les deux femmes taillèrent la robe et la bâtirent. De forme « Scarlett », très romantique, elle mettait en valeur la ligne parfaite de Léopoldine.

René se montra nettement moins enthousiaste quant à l'invitation qu'avait reçue son amie ; la mine renfrognée, il refusa de l'accompagner, comme pourtant elle le lui suggérait :

— Non, je ne serai pas à l'aise dans ce genre de soirée ; il y aura surtout des notables de la ville, je n'appartiens pas à leur monde !

— Que tu es bête, moi non plus, mais pour le magasin, c'est important que j'y paraisse !

— Je comprends, j'espère que tu t'amuseras bien !

Il avait dit cela sur un ton résigné, certain désormais que l'évolution sociale de son amie la lui ferait perdre à un moment ou à un autre.

Le Bal des œillets

LE SOIR DIT, Léopoldine était prête ; sa robe lui allait à ravir, le gros nœud de satin vert faisait ressortir l'éclat de ses yeux, et ses cheveux, plus dorés que jamais, retombaient sur ses épaules en boucles souples.

Un trait de crayon noir agrandissait encore son regard, et sa bouche, naturellement pulpeuse, soulignée d'un rose tendre ; elle se regarda dans la glace de l'armoire de sa chambre, assez satisfaite du résultat.

Lorsqu'elle rejoignit ses enfants et Mathilde, ils en restèrent bouche bée :

— Maman, que tu es belle !

Victor, qui à présent la dépassait d'une bonne tête, la fit tourner sur elle-même :

— Madame, m'accorderez-vous cette danse ?

— Avec plaisir, monsieur.

Ils tournèrent, aux accents d'une valse diffusée par le poste T.S.F. tout neuf, un achat plaisir que s'était permis Léopoldine quelques semaines auparavant.

Ils valsaient, les autres applaudissaient...

Lorsque la musique s'arrêta, la jeune femme, tout étourdie, éclata de rire :

— J'aurais dû m'entraîner, je n'ai décidément plus l'habitude !

Elle jeta un châle blanc sur ses épaules et prit son sac de velours vert, qui contenait le carton d'invitation. De longues voitures noires, brillantes, étaient parquées autour du casino.

Le cœur battant, Léopoldine se demanda si elle n'allait pas rebrousser chemin ; elle redoutait les regards, elle redoutait de n'être pas à la hauteur. Timidement, elle se dirigea vers l'entrée, éclairée de boules multicolores lumineuses.

Un portier en livrée l'accueillit, elle lui tendit le bristol, la main tremblante :

— Je vous en prie, madame, entrez et bonne soirée !

La salle, illuminée, l'aveugla presque ; une fraction de seconde, elle se demanda ce qu'elle faisait là, elle ne reconnaissait aucun visage et, de nouveau, l'envie de fuir revint.

Elle se trouva brusquement stupide et, pour échapper aux regards, se dirigea vers le buffet.

On lui servit une coupe de champagne, qu'elle n'osait pas porter à ses lèvres : elle regardait les bulles, fixement, en écoutait le chuchotement.

Une voix, tout près d'elle, la sortit de sa rêverie.

— Que fait une aussi ravissante personne toute seule ? Me permettez-vous de vous inviter à danser ?

Elle se retourna légèrement et découvrit celui qui venait de s'adresser à elle. Il était grand, élancé, brun, avec des yeux de braise, élégamment vêtu d'un pantalon rayé et d'une veste noire, avec un œillet à la boutonnière. Consciente de ce que cet examen pouvait avoir de gênant, elle devint rouge de confusion. L'homme sourit et l'entraîna vers la piste de danse. Soumise, elle se laissa guider. Il se dégageait de son cavalier une odeur de tabac brun. Elle ferma les yeux et se crut revenue de nombreuses années en arrière ; elle aurait voulu que la musique ne s'arrêtât jamais, elle dansait, non pas avec un inconnu, mais avec Jean-Marie.

Jean-Marie, revenu le temps d'une soirée, le temps d'une valse.

Lorsque les musiciens cessèrent de jouer, il l'entraîna vers une table, le long de la baie vitrée ; il l'aida à s'asseoir et lui dit :

— Surtout, ne bougez pas, je reviens !

Tandis qu'il se dirigeait vers le buffet, elle ne le quitta pas des yeux. Elle ne pouvait s'empêcher de lui trouver fière allure ; incontestablement, il avait quelque chose de Jean-Marie, le même charme. Portant deux coupes de champagne, il revenait vers elle, avec un sourire qui fit battre son cœur plus vite.

— J'ai craint, pendant une minute, que vous n'étiez qu'un rêve, aussitôt disparu.

De nouveau, elle rougit ; ne trouvant rien de subtil à répondre, elle prit le parti d'admirer la vue, par-delà la baie vitrée. La mer était haute et les vagues, méprisant les brise-lames, venaient cogner contre le parapet de la digue, avec une telle force que l'on aurait pu penser qu'elles voulaient pénétrer plus encore dans la cité...

Une voix tira Léopoldine de sa contemplation :

— Vous aimez ce paysage ?

— Oui. Bien que je sois née ici, je ne m'en lasse jamais !

— Ah ! bon, vous êtes malouine ?

— Oui, et fière de l'être ! ajouta-t-elle en riant. L'homme aima ce rire, qui la rendait plus belle encore ; il rit à son tour et demanda :

— Croyez-vous que ce que l'on dit des Malouines soit vrai ?

— Et que dit-on de nous ?

— Que vous avez un caractère bien trempé !

— Je pense effectivement que cela est vrai ; nous sommes à l'image de notre ville, fortes et solides !

— Je n'en doute pas une seconde : vos yeux trahissent votre apparente fragilité. Qui êtes-vous ? Dites-moi tout, je veux tout savoir de vous !

— Je m'appelle Léopoldine, et je suis commerçante !

Elle avait prononcé ce dernier mot en relevant fièrement le menton ; ce titre, elle le revendiquait comme une identité et l'homme le comprit.

— Puis-je savoir ce que vous vendez ?

— Des articles de vannerie, que je tresse moi-même !

— Voilà pourquoi vous me faites penser à une artiste !

— Et vous ? Vous ne vous êtes même pas présenté !

— Mille excuses, vous avez raison, pardonnez mon impolitesse ; je m'appelle Sébastien Laurens, je suis médecin et parisien.

Sur un ton de regret, elle laissa échapper :

— Vous n'êtes alors que de passage à Saint-Malo ?

— Je séjourne en effet chez une parente, jusqu'à la fin du mois d'août !

Léopoldine sentit la tristesse l'envahir ; cet homme lui plaisait, mais il repartirait dans quelques jours pour Paris, à quoi bon espérer plus que cette rencontre d'un soir ? Il remarqua son trouble et s'en émut, presque timidement il lui prit la main :

— Venez, allons danser !

Elle le suivit et se dit que cette soirée était la plus belle qu'elle avait vécu depuis le départ de Jean-Marie, alors autant en profiter jusqu'au bout. Lui, tout en dansant, la regardait, il la trouvait belle et elle l'était. D'où lui venaient ce teint lisse, ce corps parfait, ces yeux d'émeraude ? L'amour, qui l'avait façonnée en femme, l'avait figée dans sa beauté, une fois pour toutes.

Ils étaient si bien ensemble que le temps passa très vite, trop vite. À minuit, telle Cendrillon, Léopoldine voulut s'éclipser ; elle refusa l'invitation de Sébastien de la raccompagner, lui tendit une main, sur laquelle il déposa un baiser léger et, simplement, lui dit au revoir.

Lorsqu'elle se retrouva dehors, l'air frais de la nuit la saisit, elle marchait vite, revivant en pensée cette soirée.

Elle était heureuse de cette émotion que Sébastien avait suscitée en elle, et elle avait pris ces instants comme on prend le soleil après un long hiver.

Mathilde ne s'était pas couchée ; elle l'attendait, façonnant un panier d'osier, dans le fond du magasin. Elle se précipita à la rencontre de son amie.

— Allez ! Raconte, dis-moi tout ! Tu t'es bien amusée ?

— Oui, j'ai beaucoup dansé, bu un peu de champagne, c'était une très belle soirée !

Elle n'en dit pas plus, le reste était son secret ; elle craignait que d'en parler ne rompe l'enchantement…

Le cœur a ses raisons que la raison ignore

Le lundi suivant, Léopoldine et Mathilde, affairées à étiqueter de nouveaux articles, tressaillirent au carillon de la porte d'entrée. Par définition, le lundi était un jour creux, elles en profitaient pour réassortir le magasin. Léopoldine écarta le rideau qui la séparait de la pièce principale, et se retrouva nez à nez avec Sébastien, trop interdite pour prononcer un mot. Lui, souriait de sa surprise, visiblement content de lui :

— Heureusement qu'il n'existe qu'un seul magasin de vanneries à Saint-Malo, cela a écourté mes recherches ; comment allez-vous ?

Elle bafouilla quelques mots inintelligibles, son cœur cognait trop fort pour qu'elle retrouve rapidement son quant-à-soi. Sébastien lui en fournit l'occasion :

— Je suis à la recherche d'un cadeau pour ma tante, elle adore l'osier et m'a vanté le « Grand Bé » !

Très professionnelle, Léopoldine lui demanda si son idée était arrêtée sur un objet en particulier.

— Non, en fait, je comptais sur vous pour me guider !

Elle le conseilla, et choisit pour lui un ravissant panier à fruits. Tout en sortant son portefeuille pour la régler, très bas mais le plus naturellement du monde, il lui glissa :

— Puis-je vous voir cet après-midi ?

— Je ne sais pas si je peux accepter !

— Si, si, vous le pouvez, il suffit de le vouloir ; je vous attendrai à trois heures devant la porte Saint-Vincent !

— Je viendrai !

Mathilde, intriguée, essaya d'en savoir plus :

— Quel homme élégant ! Tu l'as connu au Bal des œillets ?

— Oui, mais ne te monte pas la tête : c'est un médecin parisien, et il n'est là que pour quelques jours !

Elle se prépara avec soin pour aller au rendez-vous, et son amie la regarda partir, avec un sourire complice.

Il l'attendait déjà et vint à sa rencontre :

— Je suis heureux que vous ayez pu venir, allons prendre un verre.

Il l'entraîna au « Café de Paris », et choisit une table légèrement en retrait. Ils commandèrent des sodas. Léopoldine porta le sien à ses lèvres ; Sébastien l'observait, incapable de détacher ses yeux du ravissant visage qui lui faisait face.

Ni l'un ni l'autre ne parlaient, heureux d'être ensemble, tout simplement.

Léopoldine rompit l'enchantement la première :

— Vous profitez bien de vos vacances ?

— Oui, j'aime beaucoup Saint-Malo !

— Cela doit vous changer de Paris ?

— Oui, bien sûr, mais un jour peut-être viendrai-je m'établir ici !

— Il y a toujours du travail pour un bon médecin.

— Et vous ? Votre magasin est superbe, mais quelle est votre vie en dehors de ça ?

— Je m'occupe de mes cinq enfants !

— Cinq enfants ! Vous vous moquez, vous avez l'air d'une jeune fille ; et votre mari ?

— La guerre me l'a pris !

— Pardon, excusez-moi !

— Non, vous ne pouviez pas savoir !

— Cette guerre a été meurtrière, rien au monde ne peut justifier la mort de millions de jeunes hommes !

Un voile était revenu dans le regard de la jeune femme ; évoquer le départ de Jean-Marie ravivait la blessure. Sébastien s'en aperçut, et lui proposa une promenade le long de la plage. Ils marchèrent en silence, rompu seulement, de temps en temps, par Léopoldine qui jouait les guides touristiques, expliquant à Sébastien les terres immergeant de l'eau, la Conchée, le Grand et le Petit Bé, Cézembre plus loin, que l'on voyait surtout par beau temps, quand le ciel était dégagé.

Elle voulait lui faire aimer Saint-Malo ; lui écoutait, déjà conquis, mais n'était-ce que par la cité ?

Elle rentra chez elle vers dix-sept heures. René l'attendait, l'air maussade. Lorsqu'il la vit arriver, les joues rosies par l'air, il se renfrogna encore plus, et ne put s'empêcher de remarquer :

— J'ignorais que tu avais du temps libre aujourd'hui ?

— Je ne le savais pas non plus, j'ai décidé d'aller faire un tour !

— T'es-tu bien amusée au Bal des œillets ?

— C'était une belle soirée ! répondit-elle, laconique.

Son intention n'était pas de le blesser, tout au contraire. Pour se faire pardonner, elle lui demanda de rester dîner mais, toujours boudeur, il déclina l'invitation et s'en alla.

Mathilde regardait son amie, interrogative, mais celle-ci se remit au travail, sans faire plus de commentaire.

Pendant les dix jours qui restaient à Sébastien à passer à Saint-Malo, ils se revirent trois fois, trois après-midi de promenade le long de la plage. Chacun avançait prudemment dans la vie de l'autre ; ils marchaient lentement, main dans la main, échangeaient des confidences, apprenaient à mieux se connaître, mais sans plus d'intimité. Léopoldine apprit que son nouvel ami avait, lui aussi, une blessure secrète : il avait aimé, l'amour l'avait trahi et déçu, la belle s'était enfuie, emportant avec elle ses rêves à lui. Cet épisode douloureux remontait à quelques années, mais il restait amer et méfiant, se réfugiant dans son travail, qu'il aimait par-dessus tout.

Soigner son prochain, se sentir utile, lui permettait d'oublier le vide de sa vie.

À leur dernier rendez-vous, il promit de lui écrire, de revenir et, pour la première fois, effleura ses lèvres d'un baiser ; rien d'amoureux ou de sensuel, plutôt un au revoir chargé de promesses.

La crainte de l'uniforme

LES SEMAINES puis les mois passèrent, Sébastien n'écrivit pas. Léopoldine n'en souffrait pas, elle finissait par se persuader qu'elle avait tout simplement fait un joli rêve...

Le « Grand Bé » continuait de prospérer, elle pensait même à ouvrir un second magasin à Rochebonne. Mathilde, ayant fait ses preuves, pourrait en prendre la direction. René, le fidèle, le patient, continuait de l'aimer chaque jeudi après-midi, et quelques heures durant, elle se faisait croire que son cœur pouvait encore battre...

Ce fut à la fin d'un de ces après-midi-là qu'il lui fit une demande que, pour le moins, elle n'attendait pas :

— Nous nous connaissons bien, nous nous entendons, alors accepterais-tu de m'épouser ?

— T'épouser ? Mais tu es fou, je suis déjà mariée !

— Non, tu ne l'es pas, tu es veuve !

— Pour moi, cela ne veut rien dire ; j'ai juré à Jean-Marie de rester sa femme pour l'éternité, et je le resterai !

— Je ne compte donc pas pour toi ?

— Si, si, tu comptes beaucoup, mais je ne peux pas t'épouser !

— J'ai beaucoup réfléchi, Léopoldine : je prends de l'âge et je veux fonder une famille !

— Je comprends, je te souhaite de trouver la femme qu'il te faut, mais ce ne sera pas moi ! J'espère que tu resteras mon ami.

— Je t'aime trop pour refuser, alors… amis ?

Ils se serrèrent la main, comme à la signature d'un pacte. Une petite voix soufflait à Léopoldine qu'elle allait se sentir plus seule encore ! Mais cette fois, c'était son choix à elle. Elle n'eut pas le temps de s'appesantir sur d'éventuels regrets : Victor, à son tour, la plaça devant une nouvelle épreuve. Un soir en tout point semblable aux autres, à la veillée, devant la cheminée qui crépitait, Léopoldine était attablée à faire ses comptes ; les plus jeunes enfants, assis en tailleur sur le tapis, jouaient aux petits chevaux, Amélie brodait un canevas, Victor lisait un de ces livres qu'il affectionnait, un récit d'aventures… Le poste de T.S.F. diffusait de la musique en sourdine : une soirée paisible et douce, comme la maîtresse des lieux les aimait, quand soudain l'aîné interrompit sa lecture :

— Maman, je voudrais te parler ?

— Bien sûr, mon chéri, qu'y a-t-il ?

— Voilà, j'ai pris la décision de me présenter au concours d'entrée à l'école de Saint-Cyr !

Saisie d'effroi, Léopoldine se dit qu'elle avait certainement mal entendu ; elle regarda son fils comme si, brusquement, elle le voyait pour la première fois. Il avait à présent seize ans et était le vivant portrait de son père, c'était un homme à présent et il revendiquait ce titre. Tout cela, elle était à même de le comprendre, oui, mais pas une décision aussi folle. Elle reprit ses esprits, bien décidée à faire entendre raison à Victor :

— Serais-tu devenu fou ? Tu veux te faire militaire ? C'est hors de question, tu m'entends ? Je hais les armes, je hais les uniformes, les militaires ne pensent qu'à tuer ; on m'a pris l'homme que j'aimais, on ne me prendra pas mon fils.

Le jeune homme ne s'attendait pas à une réaction aussi violente et regarda sa mère avec tristesse :

— Maman, je sais que tu n'es toujours pas guérie du départ de Papa, mais c'est la guerre qui est responsable, pas l'armée. Je souhaite devenir officier, je le veux depuis toujours et, aujourd'hui, le moment est venu de décider de mon avenir, n'est-il pas ?

— Jusque-là, tu as parfaitement réussi tes études ; tu peux choisir ta voie, mais pas celle-là, je t'en prie.

Son ton de supplique pour prononcer ces derniers mots n'échappa pas à Victor. Il s'approcha d'elle et entoura ses épaules de ses bras.

— Maman, je t'aime très fort : si je n'étais pas absolument sûr de ma vocation, je n'aurais pas fait ce choix, promets-moi d'essayer de me comprendre !

Les enfants étaient restés muets pendant l'échange entre leur frère et leur mère, conscients que l'heure était grave.

La jeune femme referma son livre de comptes, trop troublée pour se concentrer sur des chiffres. Elle prétexta un accès de fatigue, embrassa ses enfants et se retira dans sa chambre.

Elle s'allongea, la lampe allumée, la tête tournée vers la photo de Jean-Marie posée sur la table de nuit.

— Tu me manques toujours plus... J'ai longtemps combattu pour offrir une belle vie à nos enfants, à quoi bon ? Victor, à son tour, parle de partir, militaire ! Imaginer mon fils dans cet uniforme haï me rend malade, aide-moi, je t'en prie.

Dans les jours qui suivirent, la mère et le fils n'évoquèrent pas le sujet épineux. Victor travaillait tard le soir, préparant le concours ; Léopoldine savait qu'il réussirait : intelligent et travailleur, son succès était plus que probable, elle ne le savait que trop bien...

Lorsque le jour de l'examen arriva, elle se leva plus tôt qu'à l'ordinaire pour préparer à son garçon un solide petit déjeuner ; c'était sa façon à elle de lui prouver qu'elle n'adhérait pas à sa décision, mais que son amour pour lui l'encourageait à réussir.

Victor vit la table mise comme un jour de fête, et d'un sourire remercia sa mère. Ils déjeunèrent tous les deux, puis Léopoldine rectifia le nœud de cravate de son fils, l'embrassa et, sincère, lui dit :

— Ne t'inquiète pas, tu réussiras, tu le mérites !

— Merci, Maman !

Elle l'accompagna à la porte et le regarda partir. Mathilde arriva et souhaita, elle aussi, bonne chance au jeune homme. Elle habitait à présent un petit appartement, à deux rues du « Grand Bé », ce qui lui permettait d'être là très tôt. Elle regarda le visage triste de son amie et tenta de la dérider.

— Ne fais pas cette tête-là ; ton fils est raisonnable, il n'a pas pris cette décision à la légère, tu sais bien que tu peux lui faire confiance.

— Oui, je le sais, ce n'est pas envers lui que je manque de confiance, c'est contre l'uniforme lui-même !

— Je suis sûre que tout ira bien !

— Que Dieu t'entende !

Elles se mirent au travail : une nouvelle saison approchait, les vacances seraient bientôt là et, avec elles, un surcroît de clientèle.

Trois semaines plus tard, la lettre que Victor attendait tellement arriva. Les mains tremblantes, Léopoldine la porta à son fils dans sa chambre :

« *Nous avons le plaisir de vous faire savoir que vous êtes reçu au concours d'entrée à l'école militaire de Saint-Cyr.* »

— Je suis reçu, je suis reçu ! Maman, c'est formidable !

Il exultait, prenant sa mère par la taille, la faisant tourner sur elle-même à lui en donner le tournis.

— Arrête, arrête, calme-toi, tu vas finir par me faire tomber. Ton bonheur fait plaisir à voir, même si pour cela tu brises le cœur de ta mère !

— Ma petite Maman, tout cela, c'est grâce à toi, tu t'es donné tellement de mal pour nous ! Ma réussite, c'est d'abord la tienne : je te promets de faire attention à moi, et de venir te voir aussi souvent que possible.

— Allez, allez, pas tant de flatteries, nous n'aurons pas trop des trois mois qu'il nous reste pour préparer ton trousseau !

Elle redescendit très vite au magasin pour cacher son émotion mais, très vite, elle se mit en devoir de préparer une grande fête pour le soir. Elle invita Mathilde et Léa, ainsi que Marcel, le meilleur ami de Victor.

Une dame de Saint-Malo

LÉOPOLDINE ne voyait plus René que de loin en loin ; il lui avait présenté une jeune femme qu'il épouserait bientôt. Sœur d'un autre marin-pêcheur du port, elle semblait très éprise de son fiancé, et nul doute qu'ils seraient très heureux ensemble. Léopoldine ne s'en montrait pas ombrageuse : la solitude lui pesait, certes, mais elle avait fait d'autres choix. Avec le retour des touristes, elle se surprenait à repenser à Sébastien ; viendrait-il à Saint-Malo cet été ? Pourquoi ne lui avait-il jamais écrit ?

Comme, pourtant, il le lui avait promis...

Heureusement, elle s'était fait de nombreuses connaissances, sa vie sociale était animée et elle ne voyait pas le temps passer.

Ses enfants grandissaient ; Amélie, du haut de ses quinze ans, était presque une femme à présent. Pour s'en persuader, il suffisait de la voir emprunter les robes de sa mère. Vêtue de la sorte, la ressemblance était plus frappante encore. Léopoldine aimait à la regarder ; elle lui rappelait, trait pour trait, ce qu'elle était au bras de Jean-Marie...

Marie marchait sur ses traces, dorée comme un brugnon été comme hiver, longue et fine, et si sa beauté n'égalait pas celle de son aînée, elle n'en avait pas moins de charme.

Ferdinand et Paul, inséparables comme des jumeaux, se ressemblaient comme si, effectivement, ils avaient été doubles : bruns comme leur père, le visage criblé de taches de rousseur, éclairé d'yeux émeraude.

Léopoldine pouvait se montrer fière d'eux, c'était de beaux et de bons enfants.

Le « Grand Bé » aurait bientôt un petit frère ; les recherches de local étaient difficiles, la jeune femme savait où elle le voulait : à Rochebonne, à proximité de la plage, là où de nombreux hôtels s'ouvraient aux vacanciers. Pour l'instant, aucun commerce ne se libérait ; opiniâtre, elle se disait que le moment viendrait.

Avec l'été revenaient les rendez-vous de la saison. Léopoldine était invitée à tous : les concours hippiques, la course des bisquines à Cancale et autres fêtes nautiques. Les Malouins admiraient cette jeune femme si courageuse. Jean-Marie, en l'épousant, en avait fait une dame, son départ l'avait rendue misérable et, par sa volonté et son travail, elle était, seule, redevenue une dame de Saint-Malo. La cité, parée de ses couleurs estivales, battait au rythme des vacances. Dans les rues, ce n'était que chapeaux de paille, ombrelles aux teintes pastel, visages halés. Les promeneurs, peu pressés, prenaient le temps de vivre. Il flottait dans l'air une odeur de poisson grillé, des baladins animaient plus encore le spectacle.

Léopoldine aimait l'air de fête que prenait Saint-Malo pendant quelques mois. Le soir, sa journée finie, elle entraînait ses enfants faire le tour des remparts, s'arrêtant à certaines meurtrières pour admirer, à perte de vue, la mer.

Comme l'année précédente, Léopoldine reçut l'invitation à se rendre au Bal des œillets. Elle devait s'y rendre accompagnée de Victor et Amélie. C'était la première soirée de la jeune fille, et elle prit un soin particulier à sa toilette. Sa mère, aidée de la précieuse Mathilde, avait conçu sa robe. Longue et blanche, recouverte d'un nuage de tulle, serrée à la taille par une ceinture de velours bleu nuit agrémentée d'une boucle dorée. Elle était restée si longtemps dans la salle de bains, que sa mère et son frère durent l'appeler à plusieurs reprises. Quand enfin elle sortit, le résultat en valait la peine ; Victor ne put s'empêcher d'émettre un sifflement admiratif. Amélie était ravissante, ses cheveux noués en catogan sur la nuque d'un nœud de velours, bleu comme la ceinture de sa robe, un peu de rose soulignant ses lèvres. Sa mère en balbutia d'émotion :

— Belle comme tu es, je vais devoir te surveiller comme le lait sur le feu !

Victor, les prenant toutes les deux à son bras, rétorqua :

— Erreur, ce sera moi qui devrai vous surveiller. J'ai de la chance, ce soir, d'être le cavalier des deux plus jolies femmes de Saint-Malo !

Ils rirent de bon cœur tous les trois, et Léopoldine remarqua :

— Tu n'es pas mal non plus, tu sais !

Le fait est que le jeune homme avait lui aussi fière allure, dans son costume prince-de-galles, ses boucles brunes disciplinées à la brillantine. Leur mère, qui pouvait plus que jamais passer pour leur sœur, avait quant à elle revêtu une robe jaune soleil qui rehaussait l'éclat ivoire de son teint ; ses cheveux, ramassés en un lourd chignon, affinaient encore sa silhouette.

Ils partirent, bras dessus, bras dessous, sous les regards envieux des plus jeunes qui espéraient bien que leur tour viendrait.

Léopoldine dut, en effet, surveiller Amélie du coin de l'œil. La jeune fille était très entourée, et devait refuser certaines danses, son carnet de bal n'y suffisant plus.

Parmi ses cavaliers, il en était un, plus assidu que les autres, qui semblait ne plus vouloir la quitter. Amélie semblait ravie et déjà séduite ; sa mère en conçut quelques craintes et tenta de la raisonner :

— Ma chérie, tu es là pour t'amuser et je te vois réserver toutes les danses à un seul jeune homme, c'est un peu dommage !

— Mais Maman, je le trouve si charmant et, tu sais, il est très bien élevé !

Léopoldine dansa avec Victor, quelques hommes de ses connaissances, mais trouva que cette soirée n'avait pas la magie de la précédente…

Sébastien n'était pas revenu à Saint-Malo, et personne n'aurait pu dire pourquoi !

Lorsque, à minuit, la jeune femme décida que l'heure du retour avait sonné, Amélie se fit tirer l'oreille ; elle était en trop bonne compagnie pour avoir envie de rentrer, et c'est à regret qu'elle suivit sa mère et son frère.

Au fil des jours, Léopoldine remarqua que sa fille et Léa entretenaient d'étranges conciliabules, se taisant brusquement lorsque quelqu'un entrait dans la pièce. Elles partaient toutes les deux, l'après-midi, pour de longues promenades et, lorsqu'elles rentraient, les yeux d'Amélie brillaient bizarrement et ses joues étaient trop rouges pour que l'air marin soit seul responsable...

Son éclat parlait pour elle : la jeune fille était amoureuse, et sa mère en connaissait trop bien les signes pour ne pas s'en alarmer. Elle fit part de ses craintes à Mathilde qui, gentiment, la sermonna.

— Voyons, c'est de son âge, il ne faut pas t'inquiéter ; après tout, à quinze ans, toi, tu étais mariée !

— Je sais, mais je pense quand même que c'est trop tôt !

Ce que Léopoldine ne s'avouait pas, c'est qu'elle redoutait le départ de ses enfants : Victor partirait dans quelques jours et, un à un, les autres suivraient ; et cela, elle ne l'accepterait pas facilement.

Comme les oiseaux, les enfants quittent le nid

PLUS LES JOURS PASSAIENT, plus la chambre de Victor ressemblait à la préparation de grandes manœuvres.

Une grande malle, ouverte dans un coin de la pièce, attestait d'un départ imminent...

Maladroitement, Léopoldine cachait sa tristesse à son fils ; le soir, elle marquait de son nom tout le linge qu'il emportait.

Le deux septembre fut bientôt là ; le cœur lourd, elle l'accompagna à la gare. En agitant sa main pour un dernier au revoir sur le quai, alors que le train s'éloignait déjà, elle ne put s'empêcher de faire la relation avec une autre séparation, restée bien vivace dans sa mémoire. Quand elle fut sûre que Victor ne pouvait pas la voir, elle laissa couler ses larmes, et pleura jusqu'à son retour au « Grand Bé ».

Mathilde la consola comme elle put :

— Ne te rends pas malade, il n'est pas parti pour toujours !

— Je sais, mais il va me manquer. Enfin ! Mettons-nous au travail, cela m'évitera de ressasser mes pensées moroses.

— Oui, et j'ai peut-être une bonne nouvelle : il y a un monsieur qui est passé, ce matin ; il m'a laissé une adresse, un pas-de-porte va se libérer à Rochebonne, il faudrait que tu ailles le visiter !

— Tu as raison, c'est une bonne surprise, j'irai dès cet après-midi !

Le local était plus petit que le premier, mais clair et situé à proximité même de la plage de Rochebonne.

Léopoldine n'hésita qu'une seconde : le prix de vente correspondait à l'investissement qu'elle voulait faire ; sachant combien ce site était recherché, elle s'empressa de signer les papiers.

Quand elle retrouva Mathilde, celle-ci l'assaillit de questions :

— Allez, dis-moi tout, c'est comment ?

— Je pense que cela te plaira, le magasin est propre et clair, plus petit que celui-ci, mais très bien situé.

— Tu l'as retenu ?

— Oui, les papiers sont même signés, et comme il y a très peu d'aménagements à faire, nous pourrons ouvrir très vite !

— Et toi, comment vas-tu faire ? Avec le travail qu'il y a ici, tu ne t'en sortiras pas toute seule !

— J'ai déjà réfléchi : la jeune fille qui est venue nous aider cet été, à la fabrication, est à la recherche d'un emploi fixe. Elle me paraît courageuse et habile ; de plus, elle a besoin de travailler pour aider sa famille.

— Tu as raison, elle m'a paru, à moi aussi, très bien !

— Tant qu'à toi, tu vas être promue directrice de magasin ; en plus de ton salaire, je t'offre 20 % sur les bénéfices !

— Non, Léopoldine, tu as déjà fait tant pour moi, je ne peux pas accepter.

— Mais je ne te demande pas ton avis ; qui c'est, la patronne, ici ?

Mathilde, plus émue qu'elle n'aurait voulu le paraître, embrassa affectueusement son amie.

Elles passèrent la soirée à faire des projets ; la décoration et le nom de la boutique devraient être semblables à ceux du « Grand Bé », il ne fallait pas changer une formule qui avait si bien fonctionné. Tout en parlant, elles fabriquaient de nouveaux objets ; deux magasins, cela signifiait aussi deux fois plus de marchandises, elles devaient donc avoir un stock plus important...

Afin de donner une certaine publicité à l'ouverture du second « Grand Bé », Léopoldine décida d'inviter quelques personnalités à l'inauguration. Amélie et Léa distribuèrent petits fours et boissons, les invités complimentaient leur hôtesse, à la fois pour son talent de décoratrice et pour son ascension. La jeune femme recevait ces éloges avec modestie ; certes, son labeur trouvait sa récompense, mais le dur combat de la vie lui avait aussi appris l'humilité. Un journaliste présent fit une photo et écrivit un encart pour « *L'Ouest-Éclair* ». Ainsi propulsé, le « Grand Bé » bis ne tarda pas à rattraper son grand frère, et bien que la saison soit finie, le chiffre d'affaires était prometteur.

Léopoldine se félicitait de son choix sur la jeune fille qu'elle avait embauchée pour la seconder. Elle apprenait vite et, souriante, affable, elle plaisait aux clients. Très vite, la vannerie n'eut plus de secret pour elle. Gaëlle, de son prénom, excellait surtout dans les coffrets de toilette : de ses doigts agiles sortaient de minuscules mallettes d'osier, tapissées de satin, sur lesquelles se ruaient les élégantes de Saint-Malo.

Chaque soir, Mathilde venait rendre compte de sa journée à son amie ; elle s'épanouissait dans ses nouvelles responsabilités. Souvent, Léopoldine l'observait, se disant qu'elle n'avait plus grand-chose de commun avec l'ombre, affublée de voiles noirs, au temps de la cité d'urgence... Satisfaite, elle comprenait qu'elle avait joué un rôle important dans cette métamorphose.

À quelques jours de la Toussaint, un lundi, Léopoldine, juchée sur un tabouret pour atteindre une étagère, sursauta au carillon de la porte d'entrée et, prestement, dévala de son perchoir pour accueillir ce qu'elle croyait être un client. Un homme, grand, habillé du plus élégant uniforme militaire qu'elle eût jamais vu, lui faisait face :

— Bonjour, monsieur, que puis-je faire pour vous ?

— Monsieur ? Ainsi donc, il ne t'a fallu que deux mois pour oublier ton fils !

L'élégant militaire, d'un geste ample, avait ôté son képi.

— Seigneur ! Victor, mon chéri, que tu es beau ! Viens par là que je t'admire, je suis si heureuse de te voir !

Victor la pressa très fort contre lui ; il avait encore grandi, et ses cheveux coupés très court le rendaient plus viril encore.

— Gaëlle, viens, viens par ici que je te présente mon fils. Victor, voici Gaëlle, qui me seconde efficacement.

Au bonjour que ces deux-là échangèrent, Léopoldine comprit qu'ils étaient loin de se déplaire et cela la fit sourire.

Victor voulait tout savoir sur les événements qui s'étaient déroulés en son absence. Il félicita sa mère pour sa réussite et s'enquit de ses frères et sœurs :

— Et Amélie, raconte, où en est-elle de son amourette ?

— Tu connais ta sœur ; secrète comme elle est, je ne sais pas grand-chose. Elle cherche un peu moins à sortir, alors je me rassure en pensant que ce n'était peut-être qu'un feu de paille !

— J'essaierai de la questionner, adroitement !

— Et toi, l'école, c'est comment ?

— C'est conforme à ce que j'en attendais, et j'ai de très bons camarades.

— Et le règlement ne te paraît pas trop strict ?

— Si, un peu, mais cela nous enseigne une discipline qui nous sera utile ! Et toi ? Le nouveau magasin ?

— Il marche bien, Mathilde s'en sort admirablement !

— Je n'en doute pas, et la jeune fille qui te seconde, tu en es satisfaite ?

— Oui, très ! Mais dis-moi, pour combien de temps tu es là ?

— Quatre jours !

— C'est peu, il faut vraiment que l'on en profite !

— Ça, je peux te faire confiance !

La mère et le fils retrouvaient leur tendre complicité ; effacée, la rancœur due au choix de Victor…

Les choses ne se passent jamais comme on les imagine

PENDANT SON COURT SÉJOUR à Saint-Malo, Victor passa beaucoup de temps avec sa mère, au magasin. Celle-ci n'était pas dupe, elle avait compris que l'affection filiale n'était pas la seule raison de la présence du jeune homme. Il suffisait de le voir échanger certains regards avec Gaëlle pour comprendre qu'il y avait anguille sous roche. Cette attirance n'était pas pour déplaire à Léopoldine : elle appréciait la jeune fille, et se disait que son aventurier de fils aurait peut-être moins de velléités de voyages…

Fidèle à sa promesse, Victor força les confidences d'Amélie, et ce qu'il apprit n'était pas de nature à rassurer sa mère. Sa sœur était plus que jamais amoureuse d'Émilien, le beau jeune homme blond rencontré au Bal des œillets, et si ses sorties étaient moins fréquentes, c'était tout simplement que son ami, engagé dans l'armée, faisait ses classes à Rennes. Amélie ajouta même qu'Émilien demanderait sa main dès son retour.

Victor fut tellement décontenancé par cette conversation, qu'il se demanda si le moment était bien propice pour la rapporter à sa mère. Comment réagirait-elle, en apprenant qu'un autre « uniforme » souhaitait entrer dans la famille ?

Il préféra jouer la carte de la sincérité et, un soir, lorsque tout le monde fut couché, il alla frapper à la porte de Léopoldine :

— Oui, mon fils, tu veux que l'on parle un peu ?

— Oui, si tu n'es pas trop fatiguée !

— Assieds-toi, et dis-moi tout.

Léopoldine était assise à sa coiffeuse et se brossait vigoureusement les cheveux ; le jeune homme s'assit sur le rebord du lit et commença :

— J'ai parlé avec Amélie, tu sais ?

— Ah ! Bon, et qu'as-tu appris qui te donne l'air aussi grave ?

— Ce que nous avions cru n'être qu'une idylle de vacances semble prendre d'autres proportions.

— C'est-à-dire ?

Confus et mal à l'aise, Victor s'empêtrait dans ses explications :

— C'est-à-dire que le bel Émilien ne tardera pas à venir te demander la main de ta fille !

— Quoi ? Mais c'est absurde, elle est bien trop jeune, elle connaît à peine ce garçon et d'ailleurs, que fait-il dans la vie, celui-là ?

Léopoldine, dans un geste d'impatience, avait reposé sa brosse, et faisait face à son fils ; en le voyant nouer et dénouer ses doigts nerveusement, elle comprit que le pire restait à venir. C'est d'une voix à peine audible qu'il continua :

— Il est engagé dans l'armée !

Ça y est, c'était dit ; il attendait de sa mère une explosion de colère et, au lieu de cela, elle restait étrangement calme et silencieuse, fixant du regard une lame du parquet. Lorsqu'elle sortit enfin de son mutisme, sa voix tremblait :

— J'ai souvent imaginé le moment où mes enfants quitteraient la maison, je croyais que ce seraient des instants de joie, que je me réjouirais de leur bonheur, mais les choses ne se passent jamais comme on les imagine. Ma fille, à son tour, va partir et de nouveau, c'est un militaire qui va me l'enlever !

— Maman, ne prends pas le mariage d'Amélie comme une autre épreuve. Attends de connaître Émilien, donne-lui au moins une chance de te prouver que l'uniforme ne fait pas l'homme. Ils s'aiment tous les deux, et ça, je sais que tu peux le comprendre, n'est-ce pas ?

— Tu as sans doute raison ; vous êtes grands à présent, et c'est à vous de décider de votre vie, mais j'avais nourri d'autres espoirs...

Victor déposa un baiser sur la joue de sa mère et lui souhaita la bonne nuit.

Dans son lit trop grand, trop vide, Léopoldine chercha désespérément le sommeil. Elle se sentait pourtant tellement fatiguée, comme brusquement usée. Toute sa vie, elle avait essayé d'être un brave petit soldat, de faire face. Cette comparaison, qu'elle se fit intérieurement, la surprit : elle devait en effet être bien fatiguée pour se comparer à un militaire...

Quand, enfin !, ses paupières se firent lourdes, elle s'assoupit, en priant pour que le repos calme ses angoisses. Ce ne fut pas le cas, elle plongea dans un cauchemar : Jean-Marie et elle se promenaient sur la plage, quand un violent orage éclatait, les obligeant à s'abriter ; son mari l'entraînait en la tenant fermement par la main, brutalement un éclair zébrait le ciel et, comme une décharge électrique, rompait le fil qui les reliait, Léopoldine criait, hurlant le prénom chéri, mais Jean-Marie s'éloignait, comme happé par le ciel...

La jeune femme se réveilla en sursaut ; elle se sentit secouée avec énergie, Amélie la tenait à deux mains, inquiète et interrogative :

— Maman, que se passe-t-il ? Je t'ai entendue crier, tu m'as fait une sacrée peur.

— Ce n'est rien, chérie, juste un cauchemar, c'est passé à présent ! Si tu veux, viens, je vais te faire de la place.

Amélie se glissa dans le lit et s'endormit presque aussitôt, sa mère ne tarderait pas à en faire autant ; le visage enfoui dans la chevelure de sa fille, elle reconnut le parfum de l'enfant qu'elle était encore, son enfant à elle, et personne ne pouvait la lui prendre... Enfin apaisée, elle ferma les yeux.

Victor préparait déjà son départ, la valise ouverte dans la chambre l'attestait. Léopoldine y avait glissé quelques douceurs, biscuits et autres friandises qu'elle avait préparées elle-même, connaissant la gourmandise de son fils.

L'après-midi de son dernier jour de permission, Gaëlle demanda à sa patronne l'autorisation de sortir deux petites heures. L'autorisation lui fut d'autant plus facilement accordée que Léopoldine n'était pas dupe ; elle observa même, à peine discrète, derrière le rideau, les deux jeunes gens s'éloigner pour une promenade. Elle sourit : Gaëlle était très attachée au « Grand Bé » et à Saint-Malo, ce n'est pas elle qui chercherait à éloigner son fils...

Léopoldine était trop intelligente pour ne pas se rendre compte que son attachement à ses enfants faisait d'elle une mère un peu trop possessive. Elle se le pardonnait à elle-même ; après tout, le départ de Jean-Marie avait transformé en profondeur sa personnalité, elle avait perdu ses repères, ses certitudes et, bon gré, mal gré, elle s'en était fabriqué d'autres...

Victor reparti, Amélie n'osait pas aborder le sujet qui, elle en était sûre, l'affronterait à sa mère. Elles échangeaient, toutes les deux, des banalités de la vie quotidienne, mais il n'était question ni d'Émilien, ni de mariage... Cette position arrangeait Léopoldine, car elle remettait à plus tard d'éventuelles décisions à prendre et, à tort sans doute, elle se disait que le temps travaillerait pour elle.

Le passé ne se laisse pas oublier

LES FÊTES DE NOËL approchaient ; pour la première année, Léopoldine et Mathilde, aidées de Gaëlle, avaient fabriqué des jouets en rotin, petits berceaux, minuscules paniers, et autres sièges d'enfants.

L'idée était bonne, et les clients passaient commande. Les trois femmes travaillaient jusqu'à une heure avancée de la nuit. Pendant ses rares temps de loisirs, Léopoldine préparait les fêtes de fin d'année pour ses enfants. Elle aimait Noël, et gardait la nostalgie des merveilleux réveillons de femme heureuse, quand elle croyait que sa vie entière serait toujours aussi douce et paisible... Elle occultait volontairement les souvenirs rattachés à la misère, à la sordide cité d'urgence... Elle ne les oubliait pas, non, mais elle avait encore trop mal pour que l'image de quelques pommes de terre graissées de saindoux s'apparente à la magie de Noël.

Depuis que sa situation matérielle le lui permettait, elle mettait un point d'honneur à offrir à sa famille une vraie fête.

Mais Léopoldine ne faisait pas que ça ; le reste était son secret à elle. Au début de décembre, elle enquêtait discrètement sur le nombre d'enfants vivant à la cité d'urgence, puis confectionnait de petits paquets de friandises, qu'elle livrait toujours avec la même discrétion…

Personne n'était au courant ; c'était sa façon à elle de remercier le ciel de l'avoir aidée dans sa réussite.

Quand, le 24 décembre à minuit, elle voyait ses enfants s'exclamer de joie en défaisant leurs cadeaux, elle imaginait d'autres petites mains faisant le même geste, et elle se sentait en accord avec elle-même.

Autour du 15 décembre, Mathilde poussa la porte du magasin, le visage sombre ; Léopoldine s'en inquiéta :

— Que se passe-t-il ? Tu en fais une tête !

— Tu es au courant ? Je viens de passer devant le cabinet du docteur Lamenais : sur la porte, il y a un écriteau qui dit qu'il sera bientôt remplacé !

— Oh ! non, ce n'est pas vrai, notre bon vieux docteur Lamenais, si humain, si disponible, mais qui va le remplacer ?

— J'en ai parlé à la boulangère ; pour ce qu'elle en sait, ce serait un jeune médecin qui viendrait de Paris !

— Un Parisien ! Eh bien, le temps qu'il s'habitue aux Malouins, il faudra un certain temps !

— Peut-être pas ! Il paraît qu'il a de la famille ici, et qu'il connaît bien Saint-Malo ; c'est un certain docteur Laurens.

Léopoldine se sentit défaillir ; Sébastien ! Sébastien revenait à Saint-Malo et, qui plus est, pour s'y installer. Plus de deux ans s'étaient écoulés depuis leur rencontre, et il ne lui avait jamais donné signe de vie. Elle avait souvent pensé à lui, se demandant à quoi attribuer son étrange comportement. Mathilde ne fut pas sans remarquer le trouble de son amie :

— Tu le connais, je me trompe ?

— Non, effectivement, je crois le connaître !

Elle n'en dit pas plus, énigmatique, et retourna s'activer ; si ses mains travaillaient, son esprit, lui, vagabondait : quelle attitude adopterait-il lorsqu'ils se rencontreraient ? Cela ne pouvait pas manquer d'arriver, dans ce quartier où tout le monde se connaissait ! Dans la mesure où il remplaçait le docteur Lamenais, il devenait presque, par la force des choses, son médecin de famille, ils étaient donc appelés à se revoir...

Léopoldine se dit qu'elle devait s'en remettre au destin ; si une nouvelle rencontre entre eux devait se produire, elle devrait être fortuite, elle ne devait donc pas la provoquer.

Le réveillon approchait ; Mathilde, Léa et Gaëlle seraient de la fête, Victor arriverait le 24 dans l'après-midi. Rien ne réjouissait plus Léopoldine que d'avoir tous ceux qu'elle aimait autour d'elle. Passer des heures en cuisine était une joie ; ses achats effectués au marché, très tôt le matin, elle confia le magasin à Gaëlle et, harnachée d'un grand tablier de toile bleue, elle commença ses préparatifs.

D'abord, le haut du sapin, qu'elle installa entre les deux fenêtres du salon. Elle l'habilla de boules multicolores, de guirlandes dorées et de cheveux d'ange. Sur une tablette, à droite du sapin, avec du gros papier marron, elle créa un paysage rocailleux pour accueillir la crèche ; son talent artistique s'exprimait, là aussi : des éclats de miroir figuraient des lacs, de fines baguettes de bois les enjambaient, tels des ponts sortis de son imagination. Des bergers, des paysans, des rois mages, tous de céramique, formaient un cortège jusqu'à la couche de l'enfant Jésus. Quand elle eut fini, elle s'éloigna de trois pas pour juger de l'effet ; en détaillant l'arbre, elle s'aperçut d'un oubli :

— Mais où ai-je la tête ? Je n'ai pas mis l'étoile à la cime !

Elle reprit l'escabeau et grimpa jusqu'à la plus haute marche ; l'arbre était si haut qu'elle dut se mettre sur la pointe des pieds pour atteindre la crête. Déséquilibrée, elle glissa jusqu'en bas et se reçut mal, sur une cheville retournée ; elle poussa un cri de douleur qui ameuta, et ses enfants, et Gaëlle.

Cette dernière s'alarma devant le pied enflé et déjà bleu.

— Madame Léopoldine, il vous faut un médecin, c'est sérieux !

— Un médecin ? Mais es-tu devenue folle ? C'est la dernière chose au monde qu'il me faut ! Ferdinand, va chercher un pain de glace chez le boucher, ce sera bien suffisant !

Amélie et Marie tentèrent, mais en vain, de fléchir leur mère :

— Maman, tu es vraiment sûre que tu ne veux pas que l'on aille chercher un médecin ?

— Je n'ai jamais été plus sûre de rien, de toute ma vie ; un peu de glace et je serai sur pied.

Mais le froid n'y fit rien : la cheville enflait et bleuissait à vue d'œil. Malgré l'avis maternel, Amélie décida de courir appeler un docteur.

Léopoldine, tout à sa douleur, n'avait même pas ôté sa grosse blouse bleue et son fichu dans les cheveux. Le pied dans l'eau glacée, courbée en deux, elle massait l'œdème de ses deux mains quand un grand éclat de rire la fit sursauter :

— À mon avis, on peut faire mieux qu'un bain glacé !

Cet éclat de rire, elle l'aurait reconnu entre mille : Sébastien était là et la regardait de son regard de braise.

Consciente de sa tenue négligée, du ridicule de sa situation, elle sentit la colère la gagner, et c'est vertement qu'elle répliqua :

— En voilà d'un bon docteur, qui rit devant la douleur de ses patients !

— Pardon, Léopoldine, je n'ai pas voulu me moquer de vous !

— Ah ! bon, ce ne serait pourtant pas la première fois...

Ignorant ce que pouvait avoir d'acerbe la dernière remarque, Sébastien se saisit du pied douloureux et l'examina :

— Vous avez une belle entorse ; je vais vous faire un bandage serré, que vous garderez pendant quelques jours en évitant de trop marcher, d'accord ?

— C'est vous qui tiendrez le magasin à ma place ?

Comme s'il n'avait pas entendu, il la regarda longuement et, simplement, répondit :

— C'est bon de vous revoir, Léopoldine !

Malgré elle, elle sentit ses joues devenir rouges... il ne fallait surtout pas laisser deviner son trouble ; plus incisive que jamais, elle rétorqua :

— Combien vous dois-je, docteur ?

— Léopoldine, vous n'avez pas entendu ce que je vous ai dit ?

— Si, parfaitement, mais ce plaisir n'étant pas partagé, je vous prie de m'indiquer le montant de votre consultation.

— Ne réagissez pas ainsi, je vous expliquerai tout très bientôt, dans l'espoir d'obtenir votre pardon ; et pour mes soins, vous ne me devez rien, c'est en toute amitié.

— Il n'en est pas question, je ne veux pas vous être redevable !

— Toujours aussi farouche, jolie Léopoldine. Très bien, alors payez-moi, puisque vous y mettez un point d'honneur !

Sébastien reparti, elle s'effondra en larmes ; Amélie la surprit et s'inquiéta :

— Maman, la douleur est plus forte ? Que puis-je faire pour t'aider ?

— Rien, ma chérie, ce n'est rien, je vais déjà mieux ; je pleure bêtement sans savoir pourquoi...

Comment pouvait-elle expliquer à sa fille les vraies raisons de ce chagrin ? Elle pleurait sur elle, sur sa bêtise ; elle avait laissé passer l'occasion de retrouver Sébastien, elle avait réagi par orgueil et non avec son cœur. Elle s'en voulait, convaincue qu'à présent, c'est lui qui ne voudrait plus la revoir. Elle se traîna, à cloche-pied, devant le miroir de sa salle de bains et poussa un cri d'effroi en découvrant son allure ; prise d'un fou rire nerveux, elle dit tout haut :

— Ça m'étonnerait que je lui aie donné des regrets !

Toujours sur son seul pied valide, elle se mit ensuite en devoir de préparer le dîner du réveillon : des huîtres et des araignées sur un lit de goémon, un gigot de pré-salé piqué à l'ail, une salade bien fraîche et un gros moka, fait maison.

Elle sortait les araignées de leur court-bouillon, quand Amélie fit irruption dans la cuisine :

— Maman, tu n'es pas raisonnable : le docteur a dit que tu ne devais pas marcher. Je vais t'aider, dis-moi ce que je dois faire !

— Tu dois te faire belle pour ce soir, tu sais très bien que mon plaisir à moi, pour Noël, c'est de tout préparer à ma façon, et de vous en faire la surprise. Ce n'est pas encore cette année que l'on changera mes habitudes !

— Je peux au moins dresser la table ?

— Non, non, j'aime le faire moi-même ; va te préparer !

— Maman, j'ai quelque chose à te demander ?

— Voilà pourquoi tu tournes autour de moi ! Ta proposition de m'aider n'était qu'un prétexte...

— Non, ce n'est pas vrai, j'étais sincère !

— Je sais, je te taquine, voyons ; alors, vas-y, que veux-tu ?

Amélie toussa pour s'éclaircir la voix ; ce qu'elle avait à dire paraissait bien difficile...

— Je voulais te demander la permission d'inviter Émilien pour le dessert.

Ça y était, elle avait prononcé sa phrase à toute vitesse, un peu comme on se jette à l'eau. La réponse tardait à venir ; Léopoldine, un couteau à la main, pelait des gousses d'ail et semblait n'avoir rien entendu.

La jeune fille, figée sur place, attendait sans trop d'espoir. Sa mère la regarda et, avec un sourire, lui répondit :

— C'est d'accord !

Plus très soucieuse du pied blessé, Amélie se jeta dans les bras maternels, avec des mercis qui n'en finissaient plus.

— Eh, doucement, il me reste un appui sur une jambe, ne va pas me le supprimer.

Toutes les deux riaient aux éclats, retrouvant leur complicité d'antan.

Amélie s'enfuit vers la salle de bains, après un dernier baiser sonore sur la joue de sa mère. Celle-ci tenait un œuf au creux de sa main ; d'un mouvement vif, elle brisa la coquille, et sépara le jaune du blanc pour faire une mayonnaise. Elle regardait fixement au fond du bol la substance jaunâtre, terriblement triste, et ne put s'empêcher de penser :

— Cette fois, ça y est ! Mes enfants vont prendre leur envol, ils vont aimer, construire leur propre famille ; pour moi, c'est trop tard, mon tour est passé, je vais vieillir seule, sans aucune épaule sur laquelle m'appuyer.

Une certaine odeur de tabac brun

LE RÉVEILLON S'ÉTAIT DÉROULÉ dans une ambiance très gaie, les uns et les autres s'étaient montrés très heureux des cadeaux reçus et s'étaient délectés du dîner soigneusement préparé. La soirée s'étant poursuivie jusqu'à une heure tardive, les enfants feraient la grasse matinée. Léopoldine, lève-tôt en toutes circonstances, mettait de l'ordre dans la maison. Son pied restait douloureux en appui, et limitait ses déplacements ; de temps en temps, elle s'asseyait sur une chaise, récupérait quelques forces, puis reprenait ses occupations. Elle s'attendrit sur le cadeau que lui avait offert Paul : un joli bateau de pêche en bois peint, qu'il avait confectionné lui-même ; sur la coque, le nom de l'embarcation se détachait : « La Léopoldine ».

Désireuse de lui trouver une place de choix, elle fit de la place sur la cheminée et admira encore le travail de son fils. Elle fut soudain tirée de son attendrissement par la sonnette d'entrée du magasin. Qui pouvait venir la déranger en ce matin de Noël ? Avec quelque peine, elle se résolut à descendre l'escalier. Sébastien se tenait dans l'encadrement de la porte ; Sébastien et son sourire irrésistible…

— Je viens prendre des nouvelles de la plus jolie de mes malades !

Elle se félicita intérieurement de la jolie robe bleue qu'elle avait passée le matin, et de ses cheveux soigneusement brossés.

— Je vous remercie de vous être dérangé, je me porte mieux.

Il prit un air suppliant et ajouta :

— Léopoldine, il gèle à pierre fendre, aurez-vous le cœur de me laisser dehors ?

— Excusez-moi, entrez ! Je ne sais pas où j'ai la tête !

Ils se faisaient face, aussi gauches l'un que l'autre ; Sébastien, le premier, rompit un silence qui commençait à devenir pesant.

— Si vous m'offrez un café bien chaud, je promets de refaire votre bandage !

— Très bien, alors suivez-moi !

Attablés tous les deux devant la boisson fumante, ils refaisaient connaissance. Sébastien jetait des regards furtifs autour de lui. Il appréciait la chaleur de cette maison, à l'image de celle qui l'avait décorée. Tout à la fois simple et élégant : aucun objet, aucun meuble ne semblaient avoir été posés là par hasard, ils paraissaient tous chargés d'histoire. Léopoldine avait conscience de cet examen et ne s'en offusquait pas, elle était fière d'avoir su rendre sa maison chaleureuse et accueillante.

La dernière gorgée de café avalée, Sébastien se souvint du prétexte qu'il avait pris pour forcer la porte de la jeune femme.

— Allez ! Montrez-moi cette cheville !

Délicatement, il prit le pied bandé entre ses mains et l'examina en déroulant la bande.

Ses gestes étaient professionnels, mais Léopoldine ne pouvait s'empêcher d'être troublée par ces doigts qui, telle une caresse, effleuraient sa peau nue.

Son émotion n'échappait pas à Sébastien et, volontairement, il prolongeait son examen. De plus en plus mal à l'aise, elle se dégagea d'un mouvement vif :

— Comme vous voyez, je vais beaucoup mieux !

— Certes, mais je vais vous refaire un bandage, par précaution.

Fermement, il se saisit à nouveau de la cheville de Léopoldine et l'enroula d'une bande serrée.

Elle se laissa faire, déjà vaincue…

Il essaya bien de prolonger sa visite, mais ce fut peine perdue : elle avait peur de lui, peur que leur relation ne soit, à nouveau, un jeu pour lui.

Tout en le raccompagnant à la porte, elle gardait la même attitude froide et lointaine ; pourtant, il insista :

— Léopoldine, puis-je au moins vous inviter à dîner un soir prochain ?

— Je ne crois pas que cela soit une bonne idée.

Ses yeux démentaient ses paroles ; il s'en aperçut, il se fit implorant :

— S'il vous plaît ? Laissez-moi une chance !

— Nous verrons…

Elle savait qu'elle finirait par répondre oui à cette invitation, mais elle voulait s'en donner le temps.

Elle reprit ses tâches domestiques, tout en pensant à Sébastien et à ce réveillon de Noël, si gai.

Finalement, Émilien, l'ami d'Amélie, lui avait fait très bonne impression ; il semblait être un gentil garçon et surtout, ils paraissaient tous les deux très amoureux.

Léopoldine esquissa un sourire ; décidément, ce matin, la vie s'annonçait douce et belle.

Elle en était là dans ses réflexions, lorsque les enfants déboulèrent dans la cuisine, affamés.

Tout en dégustant ses tartines de beurre salé, Amélie s'inquiéta de l'opinion de sa mère sur Émilien :

— Il m'a fait une très bonne impression, et me paraît très bien élevé, si tu veux tout savoir !

— Oh ! Maman, je suis si contente, j'avais tellement peur qu'il ne te plaise pas !

— Ne te monte pas trop la tête, tout de même ; tu es très jeune, tu as bien le temps de penser au mariage !

— Je sais, Maman, mais ce ne sera pas avant l'été prochain !

— L'été prochain ? Ma fille est folle !

Léopoldine prit cette nouvelle sans sourciller ; rien décidément, aujourd'hui, ne pouvait altérer sa bonne humeur.

Ce Noël-là marquerait un tournant dans leur vie à tous, elle le comprenait et s'y préparait ; presque sereine, elle acceptait de ranger ses vieux démons, de faire taire ses angoisses et de vivre tout simplement. L'année s'acheva dans ce climat de quiétude. Le jour de l'an, un peu avant midi, Sébastien, un bouquet de fleurs à la main, vint offrir ses vœux à Léopoldine et elle accepta son invitation à dîner le samedi suivant, au restaurant de la porte Saint-Pierre.

Au jour dit, elle passa beaucoup de temps à se préparer, essayant plusieurs robes avant d'arrêter son choix sur celle qui lui semblait le mieux convenir à la situation : bleue, imprimée d'un semis de minuscules fleurs blanches, un col blanc de guipure très près du cou, qui lui donnait un air très sage. Ses cheveux, relevés de chaque côté du visage et retenus par deux peignes nacrés, allongeaient encore ses yeux en amande. Quelques touches de maquillage, et elle finit par être satisfaite de l'image que lui renvoyait son miroir. S'il lui restait quelques doutes, ils furent effacés par l'admiration qu'elle lut dans le regard de Sébastien quand, à vingt heures précises, il vint la chercher. Il restait sur le seuil, planté là, la regardant sans pouvoir détacher ses yeux ; Léopoldine s'empressa d'en tirer parti :

— Vous entrez, ou vous voulez passer la soirée sur le trottoir ?

— Méchante femme, qui se moque d'un pauvre homme que votre charme bouleverse !

— Et vous pensez que je vais croire cela ? Vous n'êtes qu'un vil flatteur et je reste sur mes gardes, tenez-le-vous pour dit !

Elle ne put rien ajouter de plus : Sébastien, d'une main, l'avait attirée contre lui ; il l'enferma de ses deux bras et plaqua ses lèvres contre les siennes. Elle fit bien une tentative pour s'échapper, mais avec si peu de conviction qu'il assura encore plus son avantage. Elle reconnut l'odeur de tabac brun qu'elle aimait tant ; se sentant vivante pour la première fois depuis longtemps, elle cessa toute résistance.

Devant le plateau de fruits de mer, Sébastien, enfin, s'expliqua sur sa conduite et son silence de deux années.

— Je vous ai fuie, Léopoldine, comme on se fuit soi-même ; je me trouvais satisfait de ma vie, et je n'avais nulle envie de la bouleverser. À défaut de me comprendre, je vous demande de me pardonner.

— En quittant Paris, vous avez pourtant bouleversé votre vie ?

— Oui, parce que j'ai soudain réalisé combien tout cela était vide ; j'ai éprouvé le besoin de retrouver mes racines, de vivre de manière plus vraie, plus saine, et j'ai eu très envie de vous revoir. Vous me croyez, n'est-ce pas ?

— Je ne sais pas, Sébastien, laissez-moi un peu de temps, c'est moi aujourd'hui qui ne souhaite pas bouleverser ma vie. La quiétude qui est la mienne m'a demandé beaucoup de sacrifices, beaucoup d'efforts, j'espère que vous aussi vous comprendrez cela.

— Prenez tout le temps qu'il vous plaira, Léopoldine, mais ne m'empêchez pas d'espérer !

Cette première soirée au restaurant fut suivie de beaucoup d'autres. Léopoldine acceptait ses rendez-vous, elle y prenait beaucoup de plaisir, mais s'arrangeait pour rencontrer Sébastien uniquement dans les lieux publics, refusant de se rendre chez lui. Ce n'était pas de sa part un jeu, elle avait peur d'elle-même : déjà grisée par ses baisers, elle avait conscience qu'en lui donnant plus, c'est elle qui succomberait. Sébastien s'accommodait de cette situation, convaincu qu'elle ne durerait pas.

Une autre mariée, si semblable à la première...

L'HIVER PASSA, les premiers bourgeons annoncèrent bientôt le renouveau de la nature. Amélie ne parlait que de son prochain mariage ; elle avait fini par obtenir l'accord de sa mère, et le grand jour était fixé aux premiers jours de juillet.

Léopoldine faisait contre mauvaise fortune bon cœur ; elle était toujours convaincue que sa fille était bien jeune pour convoler en justes noces, mais elle lui paraissait tellement heureuse qu'elle n'aurait pas eu le cœur de la retenir.

Les deux magasins continuaient de se bien porter, et Léopoldine s'était forgé une solide réputation de femme d'affaires. Avisée, bien que prudente, elle menait son entreprise avec succès, sans jamais prendre de risques inutiles ; elle connaissait trop bien la précarité des choses : sa réussite si durement acquise, elle la protégeait avec vigilance.

Avec l'aide de Mathilde, elle confectionnerait elle-même la robe de mariée d'Amélie. Longue et blanche, comme il se doit, une ligne très près du corps, de forme princesse, les manches longues finissaient en pointes sur le dessus de la main. La jupe se prolongeait, à l'arrière, d'une courte traîne. La robe était sobre, l'originalité se trouvait dans la coiffure : un bonnet de dentelle incrusté de perles, d'où s'échappait un voile long et aérien.

Au fur et à mesure des essayages, Amélie devenait de plus en plus fébrile, pressée qu'elle était d'arriver au grand jour. Sa mère devait la rappeler au calme, pour ajuster et épingler la robe ; pendant quelques minutes, la jeune fille se tenait tranquille, mais sitôt dévêtue, elle reprenait, enthousiaste, une ronde effrénée autour de la machine à coudre.

— Oh ! Maman, ma robe est merveilleuse, tu es merveilleuse et je suis si heureuse.

— D'accord, tu nous l'as déjà dit cent fois, on a compris, mais calme-toi, tu me donnes le tournis. Si tu as de l'énergie à dépenser, prépare les enveloppes pour les faire-part ; au moins, cela, tu peux le faire en silence.

— Maman, je trouve ta liste d'invités bien longue ?

— Non, pas du tout, ne te fie pas à cette liste : il y a des personnes que nous invitons seulement pour la cérémonie, d'autres pour le cocktail, et certains pour le repas. N'oublie pas que je suis commerçante et qu'à ce titre, je dois être vigilante à ne pas commettre d'impair.

Léopoldine avait entrepris la confection de la robe de mariée et de celles des demoiselles d'honneur pour Marie et Léa, mais la sienne, elle l'avait achetée en prêt-à-porter au magasin « Le Chat noir », dans la rue du Pilori ; elle avait eu le coup de foudre en la voyant en vitrine : de couleur pêche, en mousseline légère, le corsage rehaussé de boutons de nacre… une étole de la même teinte rendait l'ensemble élégant à souhait. Chez le chapelier de la rue de la Coudre, elle avait déniché une capeline dans les mêmes tons, sur laquelle se détachaient des fleurs pastel.

Les jours passèrent très vite, et le huit juillet fut bientôt là ; Amélie se leva très tôt, malgré la tisane de verveine que sa mère lui avait apportée dans son lit pour l'aider à dormir : ses yeux gonflés racontaient un manque évident de sommeil.

Léopoldine la rejoignit dans la cuisine et la regarda.

— Fais-moi voir tes yeux, toi ! Oh ! lala ! Heureusement que j'ai pensé à acheter des fleurs de bleuet ; je vais t'en faire une décoction et tu mettras des compresses, le temps de décongestionner tes paupières.

— Mais Maman, nous n'aurons jamais le temps de tout faire.

— Bien sûr que si, et pour commencer tu vas me faire le plaisir de prendre un bon petit déjeuner : je ne tiens pas à ce que tu tournes de l'œil à l'église.

À onze heures précises, Amélie pénétrait dans la cathédrale de Saint-Malo au bras de Victor, très élégant dans son uniforme d'élève officier. Puisque son père ne pouvait être là… la jeune fille avait tenu à ce que ce soit son frère qui la conduise à l'autel. À présent, elle avançait au son de l'orgue, dans l'allée centrale, rayonnante, sa main gauche tenant une gerbe constituée de glaïeuls et de lilas blancs s'harmonisant avec la longue robe diaphane. Le bonnet de perles emprisonnait la lourde masse des cheveux, seules quelques boucles s'échappaient du voile aérien. Juste derrière eux venaient Marie et Léa, ravissantes dans leurs longues robes bleues, un bouquet de violettes à la main. Pour fermer la marche, Léopoldine avec ses deux fils ; plus que jamais, on pouvait penser qu'elle était leur grande sœur.

Émilien, tourné vers eux, attendait déjà près de l'autel ; il admirait celle qui, dans quelques minutes, serait sa femme. Victor déposa la main d'Amélie sur celle de son fiancé, dans un geste qui pour lui était beaucoup plus que symbolique... Il lui confiait sa sœur comme Jean-Marie aurait confié sa fille.

Jean-Marie était le grand absent de cette cérémonie, mais il restait très présent dans la mémoire de chacun.

Léopoldine, à cet instant même, s'adresse à lui en pensée :

— Jean-Marie, si tu voyais notre fille, comme elle est belle... tu serais aussi fier d'elle que je le suis, elle paraît aussi heureuse que je l'étais, moi, à ton bras.

La ressemblance ne s'arrête pas là ; plus que jamais, Amélie, dans sa toilette immaculée, est le vivant portrait de sa mère : le même teint de porcelaine, la taille fine et élancée, les yeux à l'éclat d'émeraude. Léopoldine se sent rajeunir de quelques dix-huit années d'épreuves.

Au moment du oui sacramentel, furtivement, elle essuiera une larme qui glissera doucement sur sa joue...

Les mères pleurent toujours au mariage de leurs filles, et Léopoldine n'a pas failli à la règle.

Son émotion était également liée au cadre même de la célébration, cette église lui rappelait tant de souvenirs. Tous les événements marquants de sa vie s'étaient déroulés ici :

son mariage, les baptêmes de ses enfants, la messe d'adieu à son mari... Oui, les moments heureux et malheureux de son existence étaient inscrits dans les pierres de cet édifice. Elle laissa aller son regard sur chaque statue, chaque icône, figées pour l'éternité ; elle ne put s'empêcher d'imaginer que si, brusquement, elles s'animaient et pouvaient parler, elles en auraient, des choses à dire. Combien de jeunes mariées avaient-elles vues sourire devant un avenir qui s'annonçait radieux ? Combien de jeunes veuves, les mêmes, hélas, trop souvent, pleurant des larmes de désespoir devant un cercueil fermé sur leur vie, leur bonheur...

Perdue dans les méandres de sa mémoire vagabonde, Léopoldine ne s'était pas aperçue que la cérémonie touchait à sa fin ; Ferdinand la prit par le bras :

— Tu viens, Maman !

Ils se dirigèrent vers le cœur de l'église pour rejoindre le jeune couple, dans l'attente des félicitations et des compliments d'usage.

Les Malouins s'étaient déplacés nombreux, et chacun y allait de ses vœux, ainsi que de son admiration pour la beauté d'Amélie.

Sébastien était là, lui aussi, très élégant comme toujours, dans un complet prince-de-galles ; il s'approcha et glissa à l'oreille de Léopoldine :

— Je ne sais pas laquelle est la plus belle, de toi ou de la mariée !

— Toujours aussi flatteur, mais merci tout de même !

Léopoldine l'avait invité au banquet du soir, qui se tiendrait à l'hôtel de la Duchesse-Anne. C'était sa façon à elle de lui montrer qu'il tenait une place importante dans sa vie, même si, pour l'instant, elle refusait de donner un caractère personnel à leur relation.

La notion du temps qui passe

LE MARIAGE D'AMÉLIE fut une réussite en tout point ; les jeunes mariés s'étaient installés dans un petit appartement, avenue de Moka, tout près de la caserne du 47ème où était basé Émilien. Ils semblaient nager dans la félicité et chaque samedi, très ponctuellement, ils venaient dîner au « Grand Bé », pour la plus grande joie de Léopoldine qui ne souhaitait rien d'autre que d'avoir ses enfants très proches d'elle. De façon tout aussi régulière, elle retrouvait pour de charmants dîners Sébastien, qui échouait dans toutes ses tentatives pour obtenir d'elle un autre style de rendez-vous. Il n'en semblait pas affecté, tout au contraire et, avec opiniâtreté, il renouvelait ses invitations, attendant patiemment le jour où enfin !, elle accepterait de faire taire sa défense.

Amélie et Émilien étaient mariés depuis seulement quelques mois lorsqu'un samedi soir, la jeune femme arriva au « Grand Bé » plus radieuse que jamais.

Cette apparence n'échappa pas à sa mère, qui s'empressa de la questionner :

— Tu m'as l'air bien réjouie, que se passe-t-il ?

— Maman, si tu savais, si tu savais !

— Je le saurai bien plus vite si tu me le dis, parle, voyons !

— Ma petite Maman, je vais avoir un bébé !

Léopoldine donna brusquement l'impression de s'être changée en statue. Immobile et muette, elle restait sans réaction aucune. Mathilde, affairée dans l'arrière-boutique, surgit à l'annonce de la nouvelle.

— C'est merveilleux, Amélie, comme je suis heureuse pour toi !

Sa joie évidente contrastait avec l'étrange froideur de Léopoldine ; Amélie s'en inquiéta :

— Maman, tu n'es pas contente ?

— Si, si, sans doute, mais pourquoi si vite, tu avais bien le temps !

Sa voix trahissait une multitude de sentiments, qui brusquement l'assaillaient. Sa fille allait être mère, quelle étrange chose... hier encore elle la berçait dans ses bras... les choses allaient beaucoup trop vite à son gré. Elle allait devenir grand-mère, et elle ne se sentait absolument pas prête pour ce nouveau rôle.

Amélie crut bon de la rassurer :

— Mon enfant et moi aurons la même différence d'âge que nous deux, et je trouve ça formidable : je suis si heureuse d'avoir une aussi jeune maman !

— Je crois que tu ne vois que le bon côté des choses ; mettre au monde un enfant est aussi une très lourde responsabilité, pour laquelle tu me parais encore bien jeune.

— Ne t'inquiète pas, Maman, tout ira bien ; fais-moi confiance et réjouis-toi avec nous !

Mathilde fit en sorte de dérider son amie :

— Eh bien moi, je vais chercher une bonne bouteille pour arroser la nouvelle !

Léopoldine, d'un pas soudain devenu lourd, fit quelques pas en direction de l'escalier :

— Mathilde : tu peux, s'il te plaît, fermer le magasin ? Je monte préparer le dîner.

Amélie et Émilien la suivirent, sans mot dire. À peine parvenue à l'étage, elle demanda au jeune couple de s'installer au salon et courut s'enfermer dans sa cuisine. Elle éprouvait un besoin impérieux de se retrouver seule, les idées se bousculaient dans sa tête et elle ne savait comment y faire face.

Pour la première fois, l'image de la vieillesse s'imposait à elle. Tout au fond d'elle-même, elle se sentait encore très jeune ; sa vie avait été certes bien remplie, mais il lui semblait qu'elle avait encore tant de choses à vivre. Dans son cheminement de pensée, il entrait aussi, paradoxalement, une grande joie : elle se souvenait avec quel bonheur elle avait accueilli chacun de ses cinq enfants. Une naissance, c'est un cadeau du ciel, c'est une nouvelle promesse de vie…

Elle analysait parfaitement ces différents sentiments, et finit par se dire que sa première réaction avait dû être dictée par la peur du temps qui passe. Aussi brutalement que l'angoisse l'avait saisie, elle la quitta. Elle décida de se mettre aux fourneaux et de préparer un délicieux dîner pour fêter dignement l'événement.

Tout en s'activant, elle poursuivait sa réflexion intérieure et partageait son émoi, comme toujours, avec celui qui, ce soir encore, lui faisait si cruellement défaut :

— Jean-Marie, tu imagines, le premier de nos petits-enfants va bientôt voir le jour ! Je vais être grand-mère... je suis sûre que si tu étais là, tu te moquerais de mon nouveau statut.

De petits coups discrets frappés à la porte la tirèrent de sa rêverie :

— Maman, je peux venir t'aider ?

— Bien sûr, ma chérie, et s'il te plaît, pardonne-moi d'avoir réagi aussi stupidement à l'annonce d'une aussi grande nouvelle !

— Oh ! Tu sais, Maman, il y a longtemps que l'on a tous compris que tu n'acceptais pas facilement de voir tes enfants t'échapper. Nous savons que la raison en est certainement toutes ces années où, tous les six, nous avons vécu en vase clos.

Mathilde surgit derrière elles, portant triomphalement une bouteille de champagne ; elle sourit en voyant la mère et la fille dans les bras l'une de l'autre. Léopoldine se ressaisit et s'adressa à Amélie :

— Va chercher tes frères et sœur dans leur chambre, qu'on leur annonce vite ce grand bonheur !

On appela également, dans l'escalier, Gaëlle pour qu'elle participe, elle aussi, à cette fête impromptue.

Tard le soir, avant de s'endormir, Léopoldine écrivit une longue lettre à Victor ; elle voulait partager avec lui ces instants précieux :

« *Mon grand,*

C'est par un soir tout à fait exceptionnel que je t'écris cette lettre. Le ciel nous accorde une autre grâce : ta sœur Amélie va avoir un bébé. Oui, tu as bien lu, notre famille va s'agrandir ! Je sais que ta joie sera à l'unisson de la nôtre.

Nous avons fêté l'heureuse nouvelle ce soir ; tu nous a bien manqué, mais je te promets une soirée aussi mémorable lors de ta prochaine permission, que j'espère très proche. Nous allons tous bien et souhaitons qu'il en soit de même pour toi.

Gaëlle a passé la soirée avec nous et, toutes les deux, nous avons longuement évoqué notre absent...

À très bientôt de te voir, mon fils chéri !

Ta Maman. »

Le lendemain, dimanche, elle emmena ses enfants pour une longue promenade le long de la plage ; le temps était doux en ce printemps précoce. Pieds nus et jupe relevée, elle adorait fouler le sable humide. En vraie Malouine, elle se disait parfois que dans ses veines coulait autant d'eau de mer que de sang. Elle se souvenait également des années difficiles, où elle avait tiré leur subsistance de cette même étendue d'eau salée. Elle sentait alors un sentiment de profonde reconnaissance envahir son cœur.

Paul et Ferdinand, armés d'un couteau, sautaient de rocher en rocher, s'accroupissant de temps à autre pour détacher des berniques incrustées dans la roche. Ils raffolaient de ces drôles de coquillages en forme de chapeaux chinois, et les dégustaient sur place. C'était à celui qui en mangerait le plus. Marie, sagement, trottinait à côté de sa mère et la distrayait de son bavardage incessant. Amélie lui avait promis qu'elle serait la marraine du bébé et elle s'en montrait très fière ; elle interrogeait Léopoldine sur les devoirs de ce rôle important, et se montrait impatiente de la venue de l'enfant. Vers cinq heures, ils prirent le chemin du retour, et s'arrêtèrent au « Café de Paris » pour prendre une collation. Ils étaient à peine attablés que Sébastien faisait son entrée et se dirigeait droit sur eux :

— Quelle surprise ! Vous aussi, vous avez voulu profiter de ce premier soleil ?

— Oui, il est le bienvenu, après le temps maussade que nous avons connu.

— Tout va bien, Léopoldine ? Je vous sens triste, aujourd'hui ?

— Un peu de fatigue, ce n'est rien !

— Je vous rappelle que je suis votre médecin, si vous avez besoin de moi !

— Justement, je comptais prendre rendez-vous à votre cabinet pour demain après-midi.

— Je ne consulte pas le lundi, mais pour vous, je ferai une exception : venez vers 15 heures.

L'occasion était trop belle pour la laisser passer. En homme averti, il comprit que quelque chose s'était passé.

Quelque chose d'assez important pour qu'elle accepte, enfin !, de venir chez lui. Il ignorait ce que cela pouvait être, mais il s'en réjouit.

Léopoldine se sentit percée à jour et rougit jusqu'à la racine des cheveux. Sébastien lui adressa un sourire complice, qui ne fit qu'ajouter à son trouble.

Trente-cinq ans, déjà

LE LUNDI, elle choisit avec beaucoup de soin la toilette qu'elle porterait pour son rendez-vous. Elle voulait être à son avantage, et elle choisit une longue jupe de Tergal beige, accompagnée d'un corsage blanc au col de dentelle ; elle tressa ses cheveux en une longue natte, qu'elle ramena sur le côté.

Maquillée légèrement, elle se montra satisfaite de l'image que lui renvoyait son miroir.

Rassurée sur elle-même, elle partit, le cœur léger, retrouver Sébastien. Il l'attendait et lui ouvrit la porte sans qu'elle eût à frapper. Il la fit pénétrer dans un vestibule élégant, les murs recouverts de lambris donnaient une impression de chaleur. Léopoldine le suivit dans un petit salon ; la décoration, comme chez elle, donnait immédiatement à penser que l'on était en pays marin. Elle s'en émut : il n'était peut-être pas malouin par la naissance, mais du moins l'était-il de cœur. Elle remarqua, sur un guéridon, le service à thé et l'assiette de biscuits ; elle sourit :

— Dites-moi, docteur, vous recevez toujours aussi bien vos patients ?

— Non, seulement ceux qui viennent pour la première fois !

Ils éclatèrent de rire tous les deux.

— Alors, jolie madame, parlez-moi de cette fatigue ?

— Si nous prenions plutôt le thé ?

— Comme il vous plaira !

Il lui tendit un siège de cuir brun où elle s'installa. Le thé, au parfum de bergamote, était chaud, elle le but à petites gorgées ; il la regardait sans parler, de peur de rompre l'enchantement. Elle ne toucha pas aux biscuits, mais reprit une deuxième tasse de thé. Le silence entre eux devenait pesant… Elle fit un geste vers la table, Sébastien saisit sa main et la garda serrée dans la sienne. Léopoldine ferma les yeux, elle avait attendu et redouté cet instant.

Consentante et déjà conquise, elle se mit debout et le suivit.

Il l'entraîna au premier étage et poussa la porte d'une chambre au papier fleuri, à dominante parme. Les meubles de chêne foncé sentaient la cire ; au mur, une grande toile de trois-mâts luttant contre une mer déchaînée. Elle s'imprégnait de chaque détail, certaine intuitivement que cette chambre jouerait un rôle déterminant dans sa vie.

Sébastien la prit dans ses bras avec beaucoup de douceur et, toujours sans mot dire, lentement, la déshabilla. Elle se laissait faire, les yeux mi-clos, heureuse de redécouvrir l'intense sensation de mains d'homme sur son corps.

Avec la même lenteur, il l'allongea sur le lit aux draps de lin. Longuement, il la regarda.

— Tu es belle, beaucoup plus belle encore que je ne l'imaginais !

Abandonnée, elle s'offrit à ses caresses ; il l'aima avec passion, elle retrouvait tous les gestes oubliés, le plaisir s'insinuait de nouveau en elle, comme si de tout temps elle n'avait été faite que pour aimer.

Le bonheur qu'elle éprouvait ne pouvait se comparer ni avec la petite étincelle ressentie entre les bras de René, ni avec la sensation de lévitation que seul Jean-Marie avait obtenue d'elle.

Non, rien de tout cela : le plafond restait bien à sa place, très loin d'elle. Elle n'en ressentit aucune frustration, habitée seulement par un sentiment de réelle plénitude.

Sébastien, allongé près d'elle, observait celle qui venait de lui appartenir et qui, pourtant, restait pour lui un mystère.

Certes, elle s'était donnée à lui avec fougue et sincérité, mais elle semblait singulièrement détachée de tout...

Sa main dans la sienne, elle reposait, détendue. Il ne put s'empêcher de la questionner :

— Pourquoi aujourd'hui, Léopoldine ?

— Parce que le temps passe très vite !

Il éclata de rire :

— Quelle perspicacité !

— Sébastien, je serai bientôt grand-mère !

Il rit encore plus fort.

— Ah ! C'est donc cela ! Je dois une fière chandelle à ce bébé à venir, si je comprends bien !

— Sois gentil, ne te moque pas de moi !

— Je ne me moque pas de toi, mais je trouve amusant qu'une petite fille comme toi aille bientôt être grand-mère.

— Je ne suis pas une petite fille !

— Si, et je trouve ça très touchant ; je ne suis pas sans ignorer que la vie t'a plutôt malmenée, mais tu as su garder ta fraîcheur et ton âme d'enfant. C'est une grande force.

— Il te reste un peu de ce délicieux thé ?

— Bien sûr, je vais en préparer pendant que tu t'habilles ; si tu cherches la salle de bains, c'est la deuxième porte à gauche.

Restée seule, les draps remontés jusqu'au menton, elle savoura quelques minutes de silence et de réflexion.

Plus que jamais, elle trouvait que le temps passait bien vite et qu'il était important de lui faire faire des pauses. Ils se séparèrent après une dernière tasse de thé, avec promesse de se revoir très vite.

Carpe diem...

Léopoldine vécut les jours suivants sur un petit nuage ; elle était amoureuse et heureuse de l'être. La vie lui offrait une seconde chance, et elle était bien décidée à ne pas la laisser passer.

Sébastien se montrait empressé et attentionné ; il surgissait au beau milieu de l'après-midi au magasin, entre deux consultations, juste pour lui apporter des fleurs.

Mathilde et Gaëlle avaient compris la signification des efforts d'élégance accomplis par leur patronne. Heureuses pour elle, elles ne rechignaient jamais à la remplacer au « Grand Bé », certains jours...

Seul Victor, lorsqu'il fut mis au courant, émit quelques réticences. Dans un souci de surprotection, il redoutait que l'on ne fasse du mal à sa mère.

Léopoldine souriait à ses craintes :

— Victor, ne t'inquiète pas ainsi ; je suis une grande fille, tu sais ?

— Je sais bien, mais je ne voudrais pas que tu souffres !

— Tu rencontreras Sébastien, je l'ai invité à dîner samedi soir.

— Je le connais déjà !

— Oui, mais peut-être qu'en discutant avec lui, tu te feras une autre opinion.

— Samedi, c'est ton anniversaire, je croyais que nous le fêterions en famille.

Victor s'était fait bougonnant pour dire ces derniers mots. Sa mère s'amusait de le voir ainsi possessif : il devait tenir d'elle.

Léopoldine prit beaucoup de plaisir à préparer sa soirée d'anniversaire ; trente-cinq ans, déjà...

Mathilde, Léa et Gaëlle seraient également de la partie. Dès le début de l'après-midi, la maison embaumait déjà des odeurs de cuisine : des coquilles Saint-Jacques pour commencer, un navarin d'agneau pré-salé, du Mont-Saint-Michel, et une grande tarte aux pêches.

La maîtresse de maison avait revêtu une saillante robe à rayures bleues et blanches ; à présent, elle attendait ses invités. Elle complimenta Marie et Victor, qui s'étaient chargés de dresser la table. La vaisselle de porcelaine bleue étincelait sur la nappe de dentelle, au centre de laquelle des branches de lilas s'épanouissaient dans une coupelle.

La sonnette de la porte d'entrée retentit, Paul se précipita pour ouvrir : Sébastien arrivait le premier, disparaissant derrière un volumineux paquet, qui semblait très lourd.

— Léopoldine, joyeux anniversaire ! Débarrasse-moi vite de cet encombrant objet !

— Mais, Sébastien, qu'est-ce donc ?

— Ouvre, et ta curiosité sera satisfaite !

Elle défit soigneusement le ruban, ôta le papier brun et découvrit un ravissant coffre de marin en bois d'ébène.

Elle se souvint l'avoir admiré dans la vitrine d'un antiquaire, près de la porte de Dinan, et avoir dit à son ami combien elle le trouvait beau. Émue plus qu'elle n'aurait pu l'exprimer, tant par le choix que par le cadeau lui-même, elle ne trouvait pas les mots appropriés pour le remercier. Seuls ses yeux remplis de larmes parlèrent pour elle.

Mathilde, Léa et Gaëlle arrivaient à point nommé pour faire diversion. Elle défit un par un les paquets qu'on lui tendait : un foulard de soie, un parfum fleurant bon la violette, des rubans de différentes couleurs pour retenir ses cheveux. Le cadeau de ses enfants fit de nouveau perler ses larmes : ils s'étaient fait photographier, en grand secret, tous les cinq. Sur la photo, agrandie et encadrée, ils souriaient tous.

Être l'objet de tant d'attention fit reculer son appréhension des années qui défilaient si vite, et c'est avec sérénité qu'elle souffla ses trente-cinq bougies.

Jean, l'enfant de son enfant

PLUS LE TEMPS PASSAIT, plus Amélie s'arrondissait ; dès les premiers mouvements du bébé, Léopoldine prenait plaisir à poser sa main sur le ventre de sa fille pour sentir cette vie qui ne demandait qu'à éclore. La naissance était prévue pour les premiers jours de novembre, et la future maman s'installa dans sa chambre de jeune fille dès la fin octobre. Bien lui en prit car, à peine trois jours après son installation, le bébé manifesta son impatience à venir au monde en pleine nuit.

Léopoldine connaissait trop bien les signes pour ne pas les reconnaître ; lorsque sa fille lui décrivit les symptômes qu'elle ressentait, elle courut chercher la sage-femme qui, heureusement, habitait à quelques maisons de là. Elles revinrent en courant toutes les deux, Émilien les guettait, les enjoignant à se presser plus encore.

Amélie, en sueur et en larmes, semblait beaucoup souffrir. Sa mère l'encourageait du geste et de la voix ; le temps de faire chauffer de l'eau et de préparer des serviettes, le bébé annonçait sa venue.

Léopoldine tenait sa fille dans ses bras ; elle aurait voulu souffrir à sa place, elle lui épongeait le front qui ruisselait sous l'effort. La sage-femme donnait ses ordres :

— Poussez, poussez, encore, c'est bien.

Jusqu'au moment où, enfin !, elle put annoncer que la tête de l'enfant se présentait.

— Encore un effort, et le bébé sera là !

Il arriva, rouge et criard, comme tous les nouveau-nés, aveuglés par la lumière du jour, projetés malgré eux dans ce monde inconnu.

Un garçon, un magnifique garçon, aux cheveux noir corbeau. Robuste et fort ; Léopoldine le prit délicatement dans ses bras et l'approcha de celle qui venait de lui donner le jour.

— Regarde, Amélie, regarde comme ton fils est beau.

La jeune femme se souleva sur ses oreillers pour admirer son chef-d'œuvre.

— Oh ! Maman, il ressemble à Papa ! Ne trouves-tu pas ?

— Si, ma chérie, tu as raison !

Elle s'était fait la première cette réflexion, mais elle n'avait osé l'exprimer, de peur de paraître obsédée par le souvenir du disparu.

Les cris du bébé avaient cessé, il reposait à présent calmement contre le sein de sa mère ; Émilien fut autorisé à entrer dans la chambre et, à son tour, s'extasia sur son fils.

Les heures avaient dû lui sembler bien longues, tandis qu'il arpentait le couloir. En ce temps-là, les naissances étaient l'affaire des femmes, pas des hommes...

Léopoldine s'éclipsa pour laisser le jeune couple tout à son bonheur. Pour se remettre de ses émotions, elle se fit un bon café fort ; assise à la table de la cuisine, elle respirait la boisson chaude et analysait ses sentiments.

Le moment était venu : elle était grand-mère, et elle ne ressentait rien de nouveau. Quand elle avait tenu le bébé dans ses bras, pendant un instant elle avait cru qu'il s'agissait de son enfant à elle. Attachée spontanément à ce petit être, comme s'il était le fruit de sa chair. En réfléchissant, à présent, elle comprenait que c'était bien ce qu'il était, l'enfant de son enfant, donc le sien...

Ses peurs s'évanouirent et son cœur se gonfla d'amour.

Elle se laissait envahir par ce sentiment puissant, quand Émilien la prévint qu'Amélie la réclamait.

— Maman, nous voudrions l'appeler Jean, si tu es d'accord,

— Merci, ma chérie, je l'espérais sans trop oser y croire !

Elle prit son petit-fils dans ses bras, déposa un baiser sur son front et lui dit :

— Bienvenue, Jean, bienvenue chez toi !

Marie et les garçons eurent, à leur tour, le droit de venir embrasser leur neveu. Paul n'en revenait pas de le voir si petit, Ferdinand trouva qu'il ressemblait au baigneur posé sur le lit de Marie.

Léopoldine profita de ce moment pour descendre à la remise, chercher le cadeau qu'elle avait préparé en grand secret.

Elle avait confectionné, seule, le plus joli berceau de sa collection, en rotin peint, tapissé de plumetis bleu. La flèche qui surplombait le lit était recouverte du même tissu, et deux pans retombaient gracieusement de chaque côté.

Avec difficulté, elle lui fit passer l'escalier et entra triomphalement dans la chambre où reposait sa fille.

— Voilà, Jean, c'est pour toi ; j'espère que tu le trouveras confortable !

Amélie reconnut n'avoir jamais vu aussi joli berceau et remercia sa mère ; Marie demanda si elle pouvait espérer le même lorsqu'elle aurait, elle aussi, un enfant, ce qui fit rire tout le monde mais alerta tout de même Léopoldine.

— Eh ! Pas si vite, laisse-moi d'abord le temps de m'habituer à celui-ci !

Toute la journée, ce ne fut qu'un défilé de tous ceux qui voulaient voir le bébé, chacun apportant un petit cadeau et, rapidement, Jean eut de quoi se vêtir pour les trois mois à venir.

Sébastien se fit remarquer par son présent : une montre à gousset en argent – voilà qui était original, pour un nouveau-né de quelques heures…

Seule Léopoldine comprit le message qu'il lui glissa à l'oreille :

— C'est pour qu'il comprenne très tôt la valeur du temps qui passe…

Une certaine quiétude, enfin !

PLUS LES SEMAINES passaient, et plus Léopoldine s'attachait à son petit-fils. Rien ne la réjouissait autant que lorsque sa fille le lui confiait pour aller faire quelques courses.

C'était un enfant très sage. Léopoldine l'installait dans le magasin, à l'abri dans son couffin, il babillait et souriait aux clients.

En grandissant, sa ressemblance avec Jean-Marie ne faisait que s'accentuer : les mêmes cheveux bruns, les mêmes yeux mordorés, le même sourire charmeur.

Léopoldine ne parlait jamais de cette similitude en public, seulement lorsqu'ils étaient seuls tous les deux ; elle se laissait alors aller à ses souvenirs :

— Oh ! Jean, comme tu lui ressembles, j'espère que tu deviendras le même homme que lui, sincère, loyal, attentif et généreux comme il l'était.

Elle aimait tendrement et sincèrement Sébastien, il lui apportait beaucoup, mais Jean-Marie conservait la première place dans son cœur, dans ses pensées.

Ses affaires continuaient de prospérer, les deux boutiques fonctionnaient aussi bien l'une que l'autre, son avenir et celui des siens ne l'inquiétaient plus.

Elle avait même pu récemment investir dans l'achat d'une ferme, à La Guimorais, distante d'une vingtaine de kilomètres de Saint-Malo. Incompétente dans les métiers de la terre, elle louait les prés et une partie du corps d'habitation à un fermier. Cet accord était une source supplémentaire de revenus. Elle s'était réservé la deuxième partie habitable et l'avait aménagée en résidence secondaire. Aux beaux jours, les enfants prendraient de belles couleurs, à la campagne.

La maison s'ouvrait, sur le devant, sur des prés verdoyants et, à l'arrière, sur une crique avec une plage de sable fin.

Léopoldine avait, d'emblée, été séduite par le site et le calme des lieux.

Amasser des propriétés n'était pas son but ; elle avait trop connu la misère pour ne pas apprécier d'être, à présent, à l'abri du besoin mais, dans la plus grande discrétion, elle s'occupait activement des plus défavorisés.

La cité d'urgence avait été remplacée par des immeubles un peu plus confortables, mais la misère de leurs habitants, elle, ne changeait pas, et Léopoldine faisait en sorte de soulager un peu leur sort.

Fréquemment, elle apportait à ses protégés des colis de vêtements, de friandises. Personne n'était au courant, pas même ses enfants. Seuls ceux qui recevaient ses dons en étaient les témoins ; ils l'avaient même surnommée : « la bonne dame ».

Le seul jour de la semaine où elle ne pensait qu'à elle, c'était le lundi, jour de fermeture du cabinet de Sébastien. Dès le début de l'après-midi, elle courait le rejoindre et, pendant quelques heures, n'était plus qu'une femme amoureuse.

Cette vie avec des plages bien définies lui convenait, elle n'en souhaitait pas plus. Même lorsque Mathilde annonça son prochain mariage, elle n'en conçut aucune amertume.

Son amie avait rencontré un marin-pêcheur, de quelques années son cadet. Très épris l'un de l'autre, ils s'apprêtaient à convoler en justes noces. Léa appréciait celui qui allait devenir son beau-père, et le bonheur affiché par ces trois êtres remplissait de joie Léopoldine. Elle s'était engagée à s'occuper de la toilette de la mariée, un tailleur couleur pêche agrémenté d'un grand col blanc.

La cérémonie aurait lieu dans l'intimité, seulement les deux familles qui partageaient, depuis si longtemps, les bons et les mauvais jours.

Sébastien espérait secrètement que l'exemple de Mathilde fléchirait celle qu'il aimait ; il ne souhaitait que cela, l'épouser. Mais à chacune de ses demandes, il s'opposait à la même dérobade :

— Nous marier ? Quelle drôle d'idée, ne sommes-nous pas heureux comme ça ? Je ne peux pas t'épouser, Sébastien, et si tu m'aimes, n'insiste pas !

Comment aurait-elle pu lui expliquer ? Lui dire qu'en fait, elle ne s'appartenait pas, elle était et resterait jusqu'à son dernier souffle la femme de Jean-Marie.

Cela n'avait rien à voir avec les sentiments que lui inspirait Sébastien, c'était plus fort qu'elle-même. Elle avait accompli des prouesses pour vivre le mieux possible sans Jean-Marie, mais ce n'était malgré tout qu'une vie en sursis… Seulement, elle était la seule à le savoir.

Victor et Gaëlle se fréquentaient sérieusement, même s'il n'était pas question de mariage avant la fin des études du jeune homme. Marie voyait de plus en plus souvent un élève de l'école maritime. Paul ne pensait qu'à sa scolarité, et parlait de devenir dentiste comme son père. Ferdinand, attiré par la mer et les voyages, se voyait marin au long cours.

Le temps passait très vite, Léopoldine n'en souffrait plus. Le petit Jean lui avait appris une certaine forme de sérénité.

Le bébé s'était mû en un charmant petit garçon, intrépide et bavard, qui faisait dire à sa grand-mère qu'il aurait sûrement la bosse du commerce. Amélie attendait son deuxième enfant, pour la plus grande joie de Léopoldine.

Anaïs vit le jour pour le troisième anniversaire de son frère, aussi blonde qu'il était brun ; dès qu'elle put ouvrir les yeux, tout le monde constata la lueur émeraude qui s'en dégageait… La jeune grand-mère avait, une nouvelle fois, confectionné le plus joli des berceaux, recouvert cette fois de plumetis rose.

La folie des hommes

ET LA VIE aurait pu continuer ainsi, paisible et douce, sous les remparts de Saint-Malo. Ponctuée de mariages et de naissances ; mais c'était sans compter sur la folie des hommes...

La petite Anaïs venait d'avoir cinq ans lorsque son père, Émilien, apprit qu'il était muté en Algérie pour un séjour de deux ans.

Bien entendu, il partait avec femme et enfants. Quand Léopoldine apprit la nouvelle, elle crut que son cœur allait exploser en morceaux. Attachée comme elle l'était à ses petits-enfants, elle n'imaginait pas vivre éloignée d'eux pendant deux longues années.

Certes, Marie, qui s'était mariée à son tour, lui avait donné un petit Pierre, qu'elle adorait, mais Jean et Anaïs, peut-être parce qu'ils avaient été les premiers, tenaient une place prépondérante dans son cœur. Amélie avait beau rassurer sa mère, lui dire que leur séjour serait vite passé, les vieilles angoisses du passé revenaient...

La plupart du temps, Léopoldine vivait seule désormais : Victor avait épousé Gaëlle, ils habitaient un appartement sur le sillon ; Paul, en faculté dentaire à Rennes, ne rentrait pas souvent, et Ferdinand, embarqué sur un navire, voguait aux quatre coins du monde.

Sébastien restait très présent dans le quotidien de Léopoldine, mais pourtant la solitude lui pesait.

Ses enfants avaient constitué l'essentiel de sa vie pendant si longtemps que, privée d'eux, elle perdait ses repères.

Évidemment, la gestion des deux magasins l'occupait à plein temps, mais les chambres désertées d'une demeure devenue trop grande lui rappelaient son isolement.

Le cœur lourd, elle accompagna sa fille et ses petits-enfants au train en partance pour Marseille, où un bateau les emporterait pour Alger. Là où Émilien les attendait depuis déjà deux mois.

Sur le quai de la gare, elle agitait sa main dans un dernier au revoir. Des souvenirs affluaient et rendaient la séparation plus difficile encore. Combien de fois avait-elle déjà fait ce même geste ? Pour le départ de Jean-Marie, de Victor, de Paul, de Ferdinand, d'Amélie à présent… La vie n'était-elle donc faite que des déchirements liés au départ de ceux que l'on aime ?

Pauvre Léopoldine, abandonnée, seule sur un quai de gare, comment aurait-elle pu prévoir qu'une séparation de deux ans se transformerait en huit longues années ?

À peine un an après ce départ, de nouvelles menaces de guerre arrivèrent jusqu'à Saint-Malo.

Oh ! Rien de bien sérieux au début, l'Allemagne entrait en conflit avec l'Autriche, la Pologne, la Tchécoslovaquie, et menaçait l'Europe. Non, rien de grave, mais Léopoldine gardait en mémoire de vivaces souvenirs des mêmes prémisses. Alors, la peur revint... Elle surgit brutalement, comme rompant une digue. Depuis longtemps, elle l'avait fait taire, mais voilà qu'elle réapparaissait, plus violente que jamais. Tapie dans l'ombre, elle n'attendait que le moment de resurgir.

Sébastien, à son tour, tentait de la rassurer, mais c'était peine perdue ; elle savait, elle !, que cette guerre aurait lieu et que, de nouveau, elle en paierait le prix fort...

Victor fut l'un des premiers à partir, officier oblige ; il fut aussi l'un des premiers à être portés disparus. Gaëlle attendait leur premier enfant, une petite qui ne connaîtrait jamais son papa.

Léopoldine, une nouvelle fois, s'enfonça dans un cauchemar : pourquoi ne l'avait-elle pas empêché d'embrasser la carrière militaire ? Il l'avait fait par amour de sa patrie. Mais quelle était cette patrie qui prenait les fils après les pères ?

Pourtant, il fallait encore et encore surmonter la douleur, faire face et tenir bon pour la veuve et l'orpheline qu'il laissait derrière lui. Saint-Malo, pôle stratégique face à l'Angleterre, fut très vite occupé par les Allemands.

Bientôt, la nourriture commença à manquer, les clients désertèrent le « Grand Bé » ; comment s'intéresser à des objets de décoration, alors que subsister relevait de l'exploit ?

Fort heureusement, Léopoldine jouait les fourmis depuis si longtemps que ses économies devraient lui permettre de ne pas redouter, à nouveau, la misère.

Les premiers tickets de rationnement apparurent : il fallait faire la queue pendant des heures pour obtenir un peu de viande, un peu de beurre.

Léopoldine prit la décision qui s'imposait. Elle allait s'installer avec Marie, Gaëlle et Soizic à La Guimorais. La ferme les nourrirait, et elles seraient à l'abri. Elles n'auraient plus à croiser, chaque jour, ces soldats vainqueurs, martelant les pavés de leurs bottes pesantes. Ils ne se contentaient pas d'occuper la cité, ils y étaient comme chez eux, sans égards, sans respect pour ses habitants.

Sébastien, engagé dans la Résistance, n'avait pas donné signe de vie depuis des mois. Plus rien ne retenait les trois femmes à Saint-Malo. Paul prenait le parti de continuer, autant que faire se peut, ses études malgré le chaos. Ferdinand, embarqué, sillonnait les mers ; de lui aussi, on était sans nouvelles, pas davantage que de l'époux de Marie.

Fermer la maison et le « Grand Bé » fut un crève-cœur pour Léopoldine. Les reverrait-elle un jour ?

La Guimorais

LÉOPOLDINE APPRÉCIA d'abord le refuge qu'offrait La Guimorais : ici, au moins, elles ne connaîtraient pas la faim. Les légumes poussaient à foison, les lapins et les poules apporteraient l'apport en viande.

De nombreuses fermes de la région avaient été réquisitionnées par les troupes ennemies, qui ne se gênaient pas pour prélever : sacs de blé, pommes de terre et bétail.

La Guimorais, isolée du reste du monde, était pour l'instant à l'abri de ces pillages.

Les trois femmes s'organisaient, leur entente faisait que la cohabitation ne posait pas de problèmes, même dans un espace limité et un confort rudimentaire. Il fallait puiser l'eau au puits et s'éclairer à la bougie. Gaëlle commençait seulement à sortir de la longue dépression dans laquelle l'avait plongée la disparition de Victor. Les sourires et l'appétit de vivre de sa petite Soizic y étaient pour beaucoup.

Le soutien et l'affection de Léopoldine avaient fait le reste. Celle-ci, en effet, avait trouvé en elle les ressources nécessaires pour dépasser sa propre douleur. Son fils lui laissait la responsabilité de sa femme et de sa fille. Pour lui, elle devait faire face courageusement. Alors, elle cacha la souffrance qui la déchirait et prit les rênes de cette famille disloquée.

Il n'y avait que le soir où, seule dans son lit, elle pouvait donner libre cours à son chagrin. Elle revoyait son fils, petit garçon affectueux et tendre, puis adolescent protecteur ; elle revivait tous les merveilleux souvenirs qu'elle avait de lui. Dans les méandres de sa mémoire, Jean-Marie et Victor finissaient par ne plus faire qu'une seule et même personne. Ils se ressemblaient tant, et elle les avait tant aimés tous les deux.

La guerre faisait rage depuis deux ans déjà. Les quelques nouvelles qui leur parvenaient de Saint-Malo n'avaient rien de rassurant. La cité tant aimée était la proie d'une véritable tragédie. Le rationnement drastique affamait les Malouins, et leur souffrance laissait de marbre l'armée d'occupation. On ne pouvait circuler en aucun endroit des remparts, les portes de la ville étaient condamnées, sauf la porte Saint-Vincent. Même la pêche était réglementée, ce qui mit Léopoldine hors d'elle lorsqu'elle l'apprit :

— De quel droit les Allemands entendent-ils vouloir nous empêcher de puiser notre nourriture dans cette mer qui est la nôtre, et qui a toujours nourri ses fils ?

Ses pensées allaient souvent vers ses protégés de la cité d'urgence. Comment survivaient-ils, eux, les plus déshérités ?

Plus que jamais, elle maudissait la guerre, et ceux qui en étaient responsables.

Un matin en apparence tranquille, un bruit de bottes dans la cour alerta les trois femmes. Soizic courut se réfugier sur les genoux de sa mère ; Léopoldine, aussi calmement qu'elle le put, se saisit du fusil au-dessus de la cheminée. La porte, poussée violemment, livra passage à un soldat allemand, mitraillette au poing. Les deux armes se faisaient face, le soldat s'exprimait dans un français approximatif.

— Réquisition ! Vous donnez pommes de terre, beurre, œufs, tout !

Léopoldine, sans trembler, braquait son arme sur l'ennemi ; le regardant droit dans les yeux, elle répondit :

— Vous n'aurez rien, vous m'entendez, ou alors, il faudra me tuer ; vous m'avez déjà tout pris, mon mari, mon fils, mes biens… Sortez, sortez de cette maison ou je vous tue.

L'Allemand ne comprit sans doute pas tous les mots qu'il entendit, mais la souffrance, le désespoir, la colère n'ont pas besoin des mots pour s'exprimer.

Ces sentiments se suffisent à eux seuls, ils sont les mêmes dans tous les pays.

À la grande surprise des trois femmes, le soldat s'inclina devant Léopoldine et sortit.

Il ne revint jamais, ni lui, ni un autre…

Bientôt, elles durent affronter d'autres grandes peurs : les premiers bombardements.

Elles entendaient arriver les lourds avions, portant leur chargement de mort ; quelle que soit l'heure, le jour ou la nuit, au moindre bruit menaçant, elles se réfugiaient dans la petite cave de la maison et, serrées toutes les quatre les unes contre les autres, elles attendaient que la menace s'éloigne.

Les mois passaient, sans que rien ne semble vouloir mettre fin à ce cauchemar. Léopoldine, sur sa bicyclette, se rendait parfois à Saint-Méloir, pour échanger des produits de sa terre contre quelques savons, un peu de charcuterie et des douceurs pour Soizic. C'est au retour d'une de ces sorties qu'elle vit brusquement un homme sortir des fourrés et lui couper la route. Déséquilibrée, elle tomba violemment, se blessant à la jambe. L'homme lui porta secours, tout en s'excusant d'avoir provoqué sa chute.

— Je suis désolé, je ne voulais pas vous faire peur !

— Mais, bon sang, que faites-vous là ?

— On nous a prévenus qu'un convoi allemand allait passer sur cette route ce soir ; je repère les lieux.

— Vous êtes de la Résistance ?

— Vous êtes trop curieuse, petite madame, je ne peux pas vous répondre !

— Je vous demandais cela, car je sais qu'un réseau s'est mis en place dans ce secteur, et si j'avais su comment les contacter, j'aurais pu leur apporter un peu de ravitaillement de ma ferme !

— On ne sait jamais, je les connais peut-être, ces résistants ; elle est où, votre ferme ?

— À la Guimorais, c'est à peine à cinq cents mètres d'ici.

— Avec votre permission, je vais vous accompagner.

Lorsqu'il vit Marie, Gaëlle et la petite Soizic, l'homme comprit qu'il n'avait rien à redouter et accepta les œufs et les pommes de terre qu'on lui offrit. Il se présenta : il avait à peine vingt ans, s'appelait Vincent et avait rejoint le maquis depuis quelques mois. Réfugiés dans un hangar, du côté de Saint-Méloir, ils étaient une quinzaine de maquisards, prêts à tout pour combattre l'ennemi.

Ayant gagné leur confiance, Léopoldine se rendait fréquemment dans leur repaire, pour leur porter quelques vivres. Elle prenait énormément de précautions, par peur d'être suivie, faisait de nombreux détours. Elle était consciente des risques qu'elle prenait, mais le danger, après tout, avait accompagné toute sa vie.

De ses nouveaux amis, elle apprit que Sébastien avait été capturé et envoyé dans un camp de travail. Ces fameux camps, dont personne n'était encore revenu pour dire comment ils étaient…

Léopoldine comprit qu'elle devait s'attendre à affronter une nouvelle fracture de sa vie.

Marie et Gaëlle voyaient d'un mauvais œil les sorties nocturnes de Léopoldine, et tremblaient jusqu'à son retour. Elle les rassurait, du mieux qu'elle pouvait ; la peur lui était devenue si familière qu'elle avait appris à la maîtriser et à la dompter.

Lorsqu'elle apprit que les bombardements étaient incessants sur Saint-Malo, elle trembla pour sa cité, pour sa maison, se demandant si elle la reverrait jamais et dans quel état.

La vie reprend ses droits

MAIS TOUT, ICI-BAS, a une fin ; même les guerres... Le bruit circula bientôt qu'un débarquement des Alliés, anglais et américains, venait d'avoir lieu en pays normand. Loin de calmer l'occupant, cette nouvelle eut pour effet de le faire camper encore plus sur ses positions. Les fusillades succédaient aux fusillades. Toute dénonciation, même dénuée de fondement, donnait immédiatement lieu à une exécution, sans autre forme de procès.

Dans l'angoisse générale, l'espoir s'infiltrait malgré tout : les Américains avançaient.

Il semblerait que dans l'horreur aussi, il existe des paliers successifs. Le crescendo intervint à la fin de la première semaine d'août 1944. Saint-Malo était en flammes, le clocher tomba le premier. Léopoldine voulut courir, voir sa cité, mais on l'en empêcha. Elle pleura, implora Dieu d'épargner ses chers remparts...

L'entendit-il ?

La ville historique, détruite, n'était plus qu'un amas de ruines et de cendres, encadré, comme protégé encore par ses fortifications intactes.

La guerre s'acheva, ne laissant sur son passage que plaies et désolation.

Seule consolation, le « Grand Bé » de Rochebonne avait été épargné. Léopoldine s'y installa avec Marie et Gaëlle, bientôt rejointes par Mathilde, sortie de son refuge, chez sa belle-mère à Cherrueix, où elle avait passé ces années de trouble.

Les survivants de cette tragédie ne souhaitaient qu'une seule chose : reprendre au plus tôt une vie la plus proche possible de la normale. Les affections d'hier se renouaient, il n'était pas de jour sans que l'on ne tombe dans des bras amis, étonnés d'être encore en vie. Pierre, l'époux de Marie, revint ; il portait en lui les stigmates de blessures physiques et morales, mais il était vivant, par la grâce de Dieu.

Puis Amélie et sa famille, sans prévenir, se présentèrent au magasin. Jean et Anaïs entrèrent les premiers ; le cœur de Léopoldine les reconnut à l'instant. L'adolescent, vivant portrait de son grand-père, et la presque jeune fille aux yeux émeraude. Comment aurait-elle pu ne pas les reconnaître comme les siens…

La famille, reconstituée, retrouvait ses repères. Paul avait pris du retard dans ses études, mais comptait bien le rattraper. Ferdinand, inscrit maritime, sillonnerait les mers. Oui, la vie pouvait reprendre ses droits. Saint-Malo parlait de reconstruction et pansait ses plaies. Personne n'imaginait comment les Malouins seraient indemnisés, ni même s'ils le seraient, mais ils se plaisaient tous à se revoir habitants de leur cité. Après tout, tant de drames s'étaient abattus sur le rocher ; il avait survécu à tout, alors pourquoi pas cette fois-ci ?

Et le rêve devint réalité : on demanda à Léopoldine les plans de sa maison, de son magasin, et on les lui rendit.

Chacune des pierres avait été numérotée, dans l'espoir d'une reconstruction fidèle, et petit à petit, comme surgie de l'impossible, Saint-Malo revint à la vie.

Léopoldine, lorsqu'elle prit possession de son bien retrouvé, crut au miracle, tant l'identification était proche de la réalité.

Il ne restait plus qu'à convaincre de nouveaux clients, à réapprendre à sourire, à faire le deuil des absents...

Sébastien ne revint pas ; son nom, inscrit en lettres de pierre, vint s'ajouter à la longue liste sur le monument édifié à la mémoire des disparus par les survivants de ce cauchemar.

Léopoldine survécut avec l'aide de ses enfants, de ses petits-enfants. Elle redevint la femme d'affaires, estimée et reconnue. Elle attendit patiemment d'écrire le mot « fin » à une vie difficile mais ô combien remplie.

Jusqu'au bout, elle continua d'aider et de soutenir les plus défavorisés. Il suffisait qu'on lui parle d'une maman seule et en difficulté pour qu'aussitôt, elle mette tout en œuvre pour lui venir en aide.

Épilogue

LÉOPOLDINE NOUS A QUITTÉS un soir de l'hiver 1965. La dernière année de sa vie, elle l'a passée à l'hôpital, en long séjour.

J'allais la voir chaque jeudi après-midi ; je lui brossais longuement les cheveux, qu'elle avait gardés souples et soyeux, bien que blanchis par les ans.

Fascinée, je l'écoutais me raconter, se raconter. Dans mon imagination d'adolescente, je trouvais que sa vie était un roman, c'est pourquoi je l'ai écrite...

Elle m'a appris à être ce que je suis, une vraie Malouine, je crois. Résistante comme nos rochers de granit.

Elle m'avait dit que l'amour, le vrai, ne se rencontre qu'une fois, qu'on le reconnaît immédiatement.

Elle disait que, même si l'on passait son existence à le chercher, il venait pour tous.

Comme elle, des rencontres ont jalonné mon chemin, des hommes sont passés... Je n'en ai laissé qu'un seul pénétrer mon âme, lui aussi s'en est allé... ce n'est plus la guerre qui nous prend nos hommes, mais ils s'en vont quand même, pour ne plus revenir...

Comme elle, j'ai eu cinq enfants, que j'ai élevés seule ; mes deux filles ont dans leur regard des éclats d'émeraude... Mes fils ressemblent à Jean, mon père...

Aujourd'hui, j'ai aussi une petite-fille, Roxanne.

C'est moi qui l'ai sortie du ventre de sa mère, ma fille. Quand Roxanne a ouvert les yeux, elle m'a fixée de ses pupilles, encadrées d'un iris de la couleur exacte de la mer qui baigne une cité si chère à mon cœur. Comme Léopoldine, j'ai dû faire face à de multiples épreuves ; dans ces périodes difficiles, je me suis souvenue de la prière qu'elle m'a enseignée. Elle la nommait : la prière de la sérénité.

« Mon Dieu, donnez-moi la force d'accepter les choses telles qu'elles sont
le courage de changer celles qui peuvent l'être
la sagesse de pouvoir les reconnaître
la sérénité d'accepter celles contre lesquelles on ne peut rien. »

Elle m'a aussi appris à être fière de mes origines.

Mais pas seulement fière, je me souviens de ses mots :

« Sois toujours fière d'être malouine, fière de tes ancêtres qui se sont illustrés pour faire de notre cité un exemple pour le reste du monde. Mais plus que tout, rends-les fiers de toi.

On n'est pas de Saint-Malo comme on est d'ailleurs ; c'est d'abord une grande responsabilité, on se doit d'être mieux que les autres. Alors, fais ce que tu veux, mais fais-le bien ! »

Je me rappelle également qu'elle me disait que, si je voulais être bien, je ne devais jamais m'éloigner trop longtemps de notre rocher.

Je l'entends encore :

« *Si tu as faim, la mer te nourrira.*
Si tu es triste et découragée, écoute le bruit des vagues qui se fracassent sur les brise-lames, tu seras réconfortée.
Si tu as peur, réfugie-toi à l'ombre de nos remparts, ils te protègeront. »

L'infirmière qui se tenait auprès d'elle lorsqu'elle s'en est allée nous a raconté :

« Elle semblait assoupie, elle ne souffrait pas ; vers vingt-deux heures, brusquement, elle a tendu une main vers le plafond. Sur ses lèvres, un sourire, et presque dans un souffle, elle a murmuré : “ Enfin toi ! J'arrive ! ” »

La seconde suivante, son cœur avait cessé de battre, mais sa bouche dessinait toujours un sourire, figé pour l'éternité.

La femme en blanc a fermé définitivement les magnifiques yeux verts. Jean-Marie était venu chercher celle qu'il aimait.

Le jour des obsèques, plus de cinq cents Malouins se pressèrent pour rendre un dernier hommage à une grande dame de Saint-Malo. Il me revient des bribes de conversation entendues çà et là :

« C'est une figure de Saint-Malo qui s'en va. » ; « C'était une dame de bien. » ; « Quelle vie exemplaire. »...

Les années ont passé, mais je n'ai rien oublié. J'espère que là où tu es, Léopoldine, tu n'es pas trop déçue de ce que je suis devenue.

Les aléas de la vie m'ont longtemps exilée de mon rocher. Au fond de moi, j'ai toujours su que je reviendrais, persuadée que, quelque part du côté de la porte Saint-Vincent, mon cœur était ancré.

À présent, chaque matin, lorsque j'ouvre mes volets, mon regard s'attarde sur cette mer, ce paysage sans cesse renouvelé.

Je me sens enfin en harmonie avec moi-même et, plus que tout, je ressens la force de vie transmise par Léopoldine.

Chez le même éditeur, lisez aussi :

Déconnexions
de Christophe Mory, 2010

Chirac s'emmerde
de Théodore Musard et Achille Wolfoni, 2009

L'oracle du Gecko
de Bernard Richard, 2009

L'écume des nuits
de Alain Page, 2009

White noise
de Yolaine Destremau, 2009

Le jounal d'Anna, chroniques de la débauche ordinaire
de Julie Manoukian, 2009

Les anges sauvages
de Michel Embareck, 2009

Crossing the Williamsburg bridge
de Sholby, 2009

Marianne
de George Sand, 2008

Avancez vers le fond
de Yvan Gradis, 2008

Mis en pages par Stéphane Nahmani à Paris
Imprimé par CPI France Quercy à Mercues, France

Dépôt légal : mai 2010
ISBN 978-2-35593-084-3